U0074208

凱信企管

用對的方法充實自己，
讓人生變得更美好！

凱信企管

用對的方法充實自己，
讓人生變得更美好！

。大家來寫。

日語50音

習字帖

User's Guide
使用說明

學習日文50音最重要的第一步：「重複書寫」！
寫一手漂亮日文字，更有效長期記憶。

✽ Step 1 | 掌握日文發音規則

全書一開始，由50音導入，不論是平假名、片假名皆完整收錄。另外，也提供字母正確發音方式。跟著50音一覽表，一起踏上日文學習之路吧！

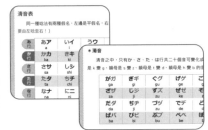

✽ Step 2 | 清楚筆順引導練習

每一字母皆有正確筆順提示，利用字帖書寫，不僅能寫一手漂亮日文字，還能將字母深印腦海，無形中提高專注力、不易分心，學習更有成效。

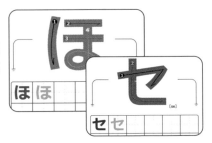

✽ Step 3 | 延伸學習初級單字

學完字母，再利用初級單字反饋學習；同時也附加熟悉生活單字，一舉兩得。

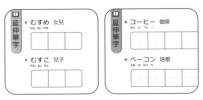

✽ Step 4 | 測驗練習加強記憶

利用簡單有趣的克漏字、連連看等測驗題，驗收學習成效，溫故知新之餘，也能再次加深印象，50音一學就會。

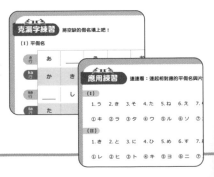

Preface
前言

在我接觸的日語學習者中，有許多的初學者都反應：「哇，日語 50 音真難記啊！而且還分平假名、片假名……」的確，比起中文的注音符號或是英文的 26 個字母，日文的 50 音確實量多了一些。但只要用對方法，其實要記憶 50 音也不是那麼困難的。

第一步最好的練習方法，首推就是最古法的方式：「搭配 50 音表，邊寫邊唸 50 音。」或許有人會覺得沉悶，但也是我見過學員中最實在有效的方法。這個方法適合所有的初學者，尤其是對專注力不高、容易分心的人，可在一邊書寫的過程中，能更專注地把字母的形態記在腦海裡，是一種從頭到尾很扎實的練習方式。

另外，由於平假名本身的筆畫是從毛筆草書演變而來的，所以對於初學者來說，在書寫上是比較困難的，更需要耐性專心一致的練習一段時間，才能寫得漂亮；片假名相對簡單許多，因為其筆劃較工整、有稜有角，對初學的讀者來講，書寫上就顯得較為容易。若是能夠在初學日文的一開始，每天挪出一點時間重覆「書寫」這件事，那麼不僅能夠練習筆順，寫出一手漂亮的日文字，同時也能將 50 音長期記憶在腦海裡。期待這一本日文 50 音習字帖，能夠幫助大家順利地扎穩學習的第一步。

Contents
目錄

在五十音圖裡，橫列稱「行」，每一行有五個假名，共有十行。「行」以五個母音為一組，例如：「あいうえお」是一行。豎列稱「段」，每段十個假名，共有五段。

清音表

同一種唸法有兩種假名，左邊是平假名，右邊是片假名。（＊注意：要由左唸至右！）

あ行	あア a	いイ i	うウ u	えエ e	おオ o
か行	かカ ka	きキ ki	くク ku	けケ ke	こコ ko
さ行	さサ sa	しシ shi	すス su	せセ se	そソ so
た行	たタ ta	ちチ chi	つツ tsu	てテ te	とト to
な行	なナ na	にニ ni	ぬヌ nu	ねネ ne	のノ no
は行	はハ ha	ひヒ hi	ふフ fu	へヘ he	ほホ ho
ま行	まマ ma	みミ mi	むム mu	めメ me	もモ mo
や行	やヤ ya		ゆユ yu		よヨ yo
ら行	らラ ra	りリ ri	るル ru	れレ re	ろロ ro
わ行	わワ wa				をヲ o
ん	んン n				

■ 平假名　■ 片假名

濁音與半濁音表

　　日文裡除了清音之外，還有濁音和半濁音的分別，可是濁音和半濁音的數量沒有像清音這麼多。因為在日文清音裡，只有特定幾個音才會有「清音變濁音」、「清音變半濁音」的變化。濁音、半濁音在寫法或是讀音上都和清音有些不同，以下就分成濁音和半濁音來介紹。同一種唸法有兩種假名，左邊是平假名，右邊是片假名。

＊濁音

　　清音之中，只有か、さ、た、は行共二十個音可變化成濁音。韻母是 k 變 g、韻母是 s 變 z、韻母是 t 變 d、韻母是 h 變 b 的音。

がガ	ぎギ	ぐグ	げゲ	ごゴ
ga	gi	gu	ge	go
ざザ	じジ	ずズ	ぜゼ	ぞゾ
za	ji	zu	ke	zo
だダ	ぢヂ	づヅ	でデ	どド
da	ji	zu	de	do
ばバ	びビ	ぶブ	べベ	ぼボ
ba	bi	bu	be	bo

＊半濁音

　　清音之中，只有は行會產生半濁音，所以一共只有ぱ、ぴ、ぷ、ぺ、ぽ五個音。

ぱパ	ぴピ	ぷプ	ぺペ	ぽポ
pa	pi	pu	pe	po

拗音表

拗音的寫法和清音、濁音、半濁音的寫法都不太一樣。當某幾個特定的假名變成小寫（就是指比較小的字）時，就是所謂的拗音。

きゃ**キャ** kya	きゅ**キュ** kyu	きょ**キョ** kyo
ぎゃ**ギャ** gya	ぎゅ**ギュ** gyu	ぎょ**ギョ** gyo
しゃ**シャ** sha	しゅ**シュ** shu	しょ**ショ** sho
じゃ**ジャ** ja	じゅ**ジュ** ju	じょ**ジョ** jo
ちゃ**チャ** cha	ちゅ**チュ** chu	ちょ**チョ** cho
ぎゃ**ヂャ** ja	じゅ**ヂュ** ju	じょ**ヂョ** jo
にゃ**ニャ** nya	にゅ**ニュ** nyu	にょ**ニョ** nyo
ひゃ**ヒャ** hya	ひゅ**ヒュ** hyu	ひょ**ヒョ** hyo
びゃ**ビャ** bya	びゅ**ビュ** byu	びょ**ビョ** byo
ぴゃ**ピャ** pya	ぴゅ**ピュ** pyu	ぴょ**ピョ** pyo
みゃ**ミャ** mya	みゅ**ミュ** myu	みょ**ミョ** myo
りゃ**リゃ** rya	りゅ**リュ** ryu	りょ**リョ** ryo

平假名的 50 音表

あ行	あ a	い i	う u	え e	お o
か行	か ka	き ki	く ku	け ke	こ ko
さ行	さ sa	し shi	す su	せ se	そ so
た行	た ta	ち chi	つ tsu	て te	と to
な行	な na	に ni	ぬ nu	ね ne	の no
は行	は ha	ひ hi	ふ fu	へ he	ほ ho
ま行	ま ma	み mi	む mu	め me	も mo
や行	や ya		ゆ yu		よ yo
ら行	ら ra	り ri	る ru	れ re	ろ ro
わ行	わ wa				を o
ん	ん n				

平假名

― 書寫練習 ―

延伸單字
練習

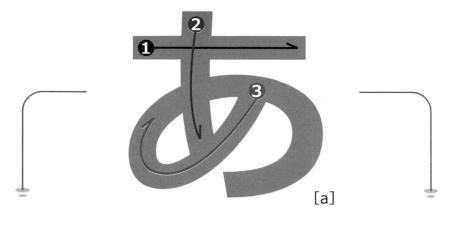

[a]

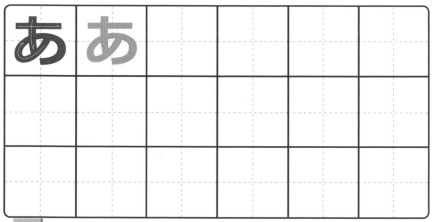

* あいさつ　打招呼
a　i　sa tsu

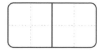

* あか　紅色
a　ka

* あつい　天氣熱的
a　tsu　i

* あい　愛
a　i

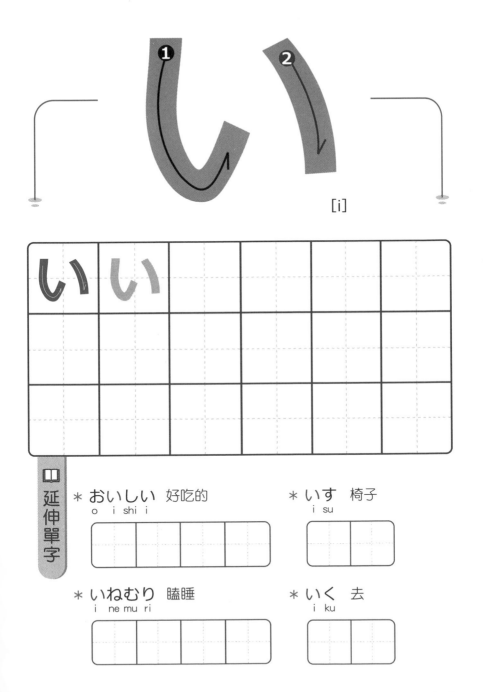

[i]

い　い

延伸單字

* おいしい　好吃的
  o i shi i

* いす　椅子
  i su

* いねむり　瞌睡
  i ne mu ri

* いく　去
  i ku

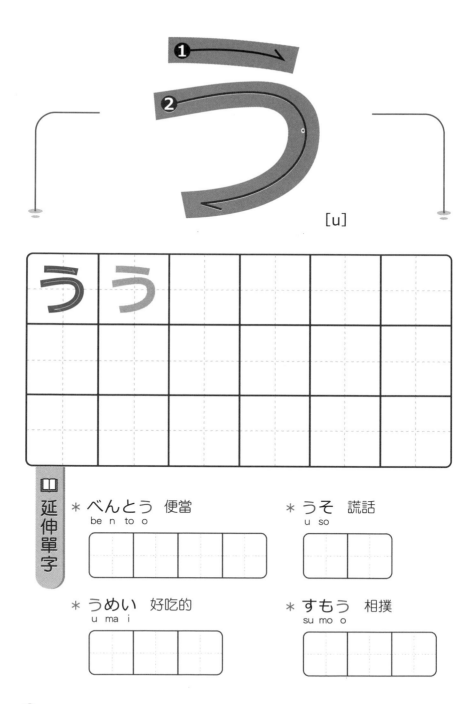

[u]

📖 延伸單字

* べんとう　便當
be n to o

* うそ　謊話
u so

* うめい　好吃的
u ma i

* すもう　相撲
su mo o

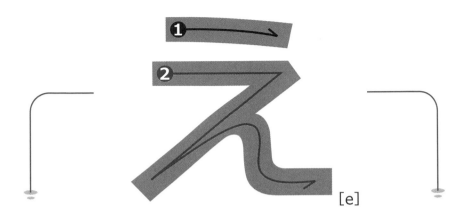

[e]

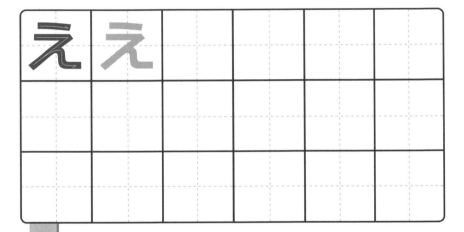

* えげお　笑容
  e ga o

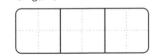

* いいえ　不是
  i i e

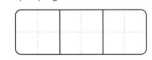

* えいが　電影
  e e ga

* えび　蝦
  e bi

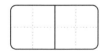

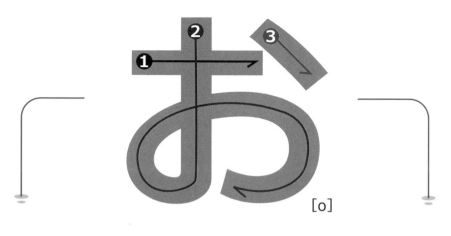

[o]

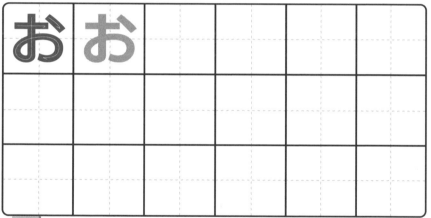

延伸單字

* おみやげ　土産
o mi ya ge

* おんがく　音樂
o n ga ku

* おはよう　早安
o ha yo o

* おなか　肚子
o na ka

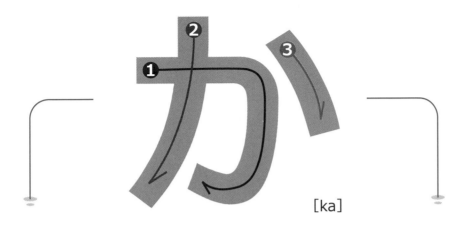

[ka]

か	か				

📖 延伸單字

* かあさん　媽媽
ka　a　sa n

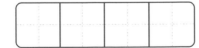

* かいぎ　會議
ka　i　gi

* かわいい　可愛的
ka　wa i　i

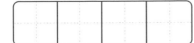

* おかね　錢
o　ka ne

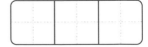

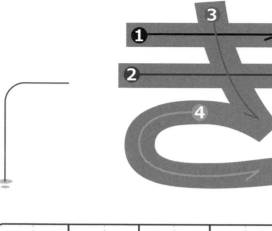

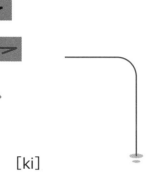

[ki]

き	き				

延伸單字

* げんき　有精神的
　ge n ki

* きのう　昨天
　ki no o

* きもち　心情
　ki mo chi

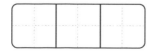

* きいろ　黄色
　ki i ro

18

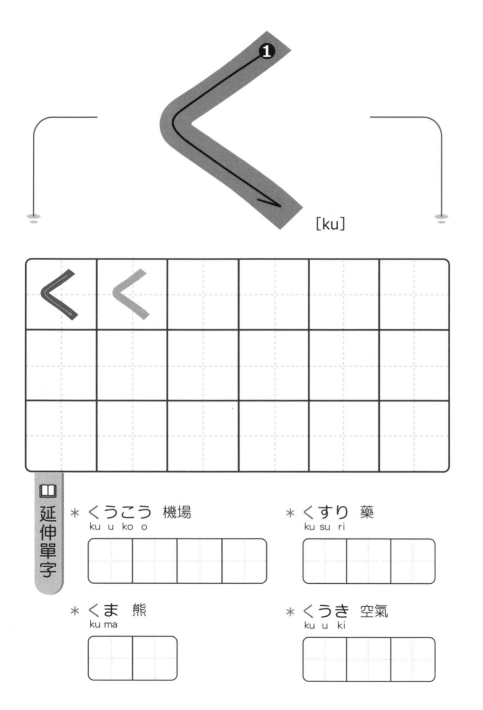

[ku]

延伸單字

* くうこう 機場
  ku u ko o

* くすり 藥
  ku su ri

* くま 熊
  ku ma

* くうき 空氣
  ku u ki

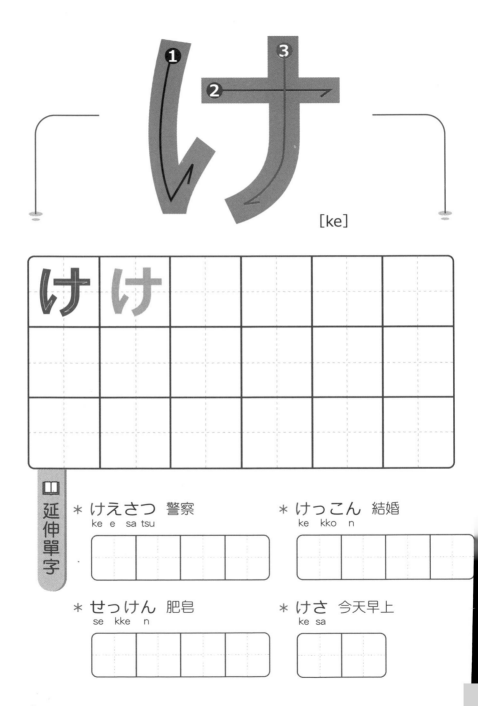

[ke]

け	け				

延伸單字

* けえさつ　警察
ke e sa tsu

* けっこん　結婚
ke kko n

* せっけん　肥皂
se kke n

* けさ　今天早上
ke sa

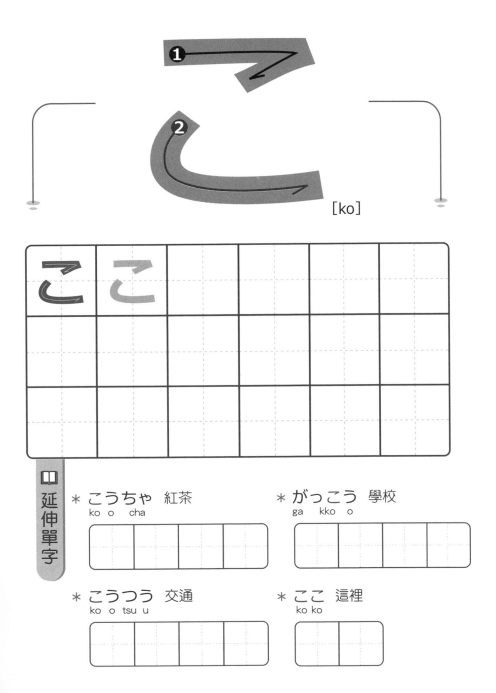

[ko]

こ　こ

＊ こうちゃ　紅茶
　　ko o cha

＊ がっこう　學校
　　ga kko o

＊ こうつう　交通
　　ko o tsu u

＊ ここ　這裡
　　ko ko

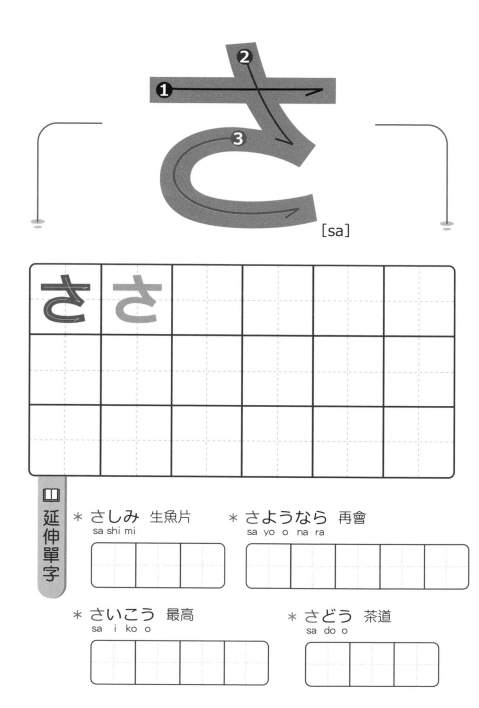

[sa]

さ	さ				

延伸單字

* さしみ　生魚片
sa shi mi

* さようなら　再會
sa yo o na ra

* さいこう　最高
sa i ko o

* さどう　茶道
sa do o

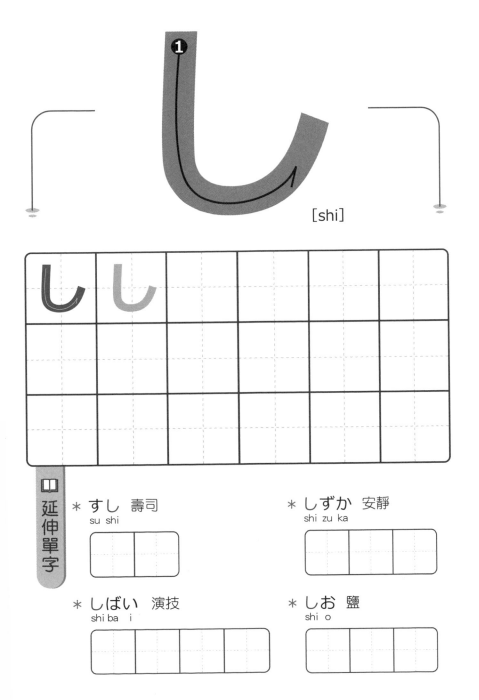

① し

[shi]

し	し				

📖 延伸單字

＊ すし 壽司
su shi

＊ しずか 安靜
shi zu ka

＊ しばい 演技
shi ba i

＊ しお 鹽
shi o

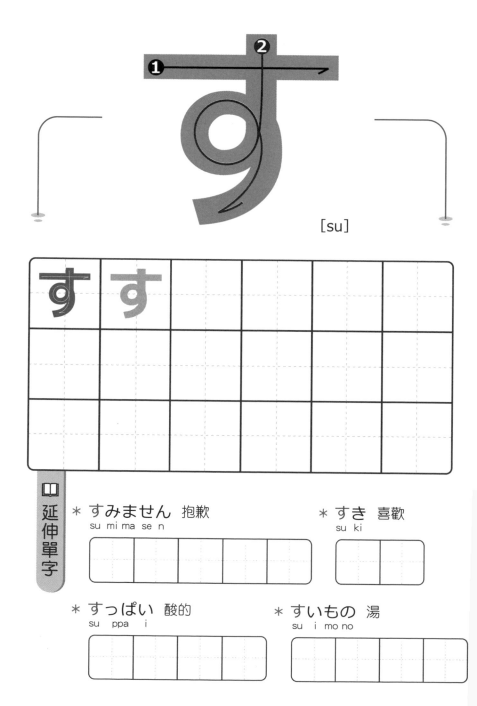

[su]

延伸單字

* すみません 抱歉
su mi ma se n

* すき 喜歡
su ki

* すっぱい 酸的
su ppa i

* すいもの 湯
su i mo no

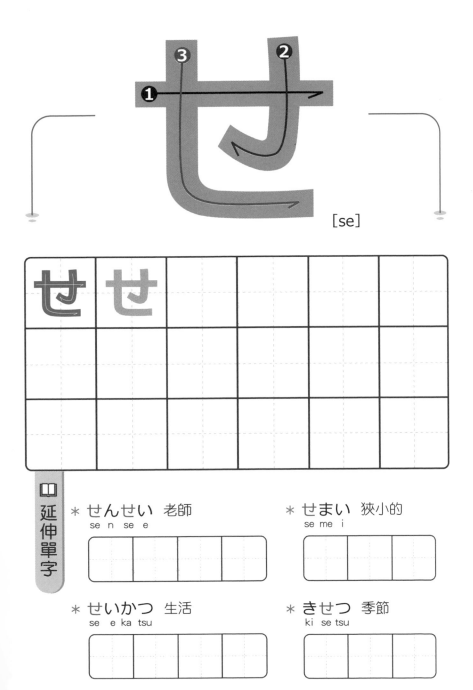

[se]

せ	せ				

* せんせい　老師
  se n se e

* せまい　狹小的
  se me i

* せいかつ　生活
  se e ka tsu

* きせつ　季節
  ki se tsu

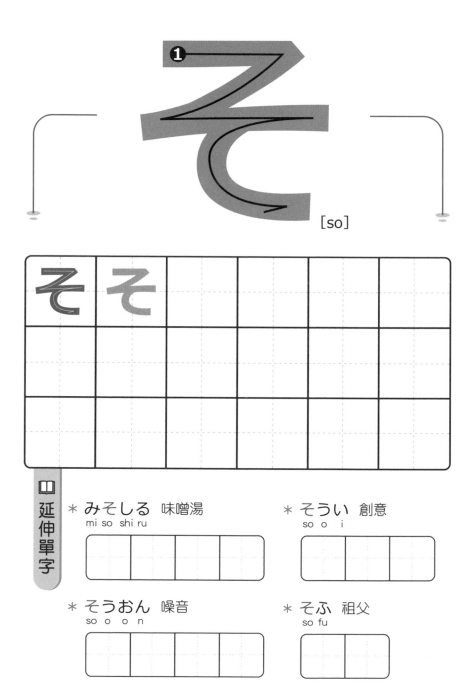

❶ そ
[so]

そ そ

📖 延伸單字

＊ みそしる　味噌湯
mi so shi ru

＊ そうい　創意
so o i

＊ そうおん　噪音
so o o n

＊ そふ　祖父
so fu

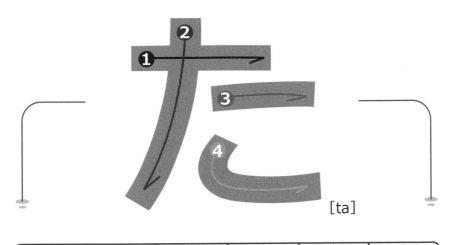

[ta]

た	た				

延伸單字

* たいよう 太陽
ta i yo u

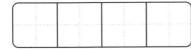

* たたみ 榻榻米
ta ta mi

* たいおんけい 體重計
ta i on ke o

* たき 瀑布
ta ki

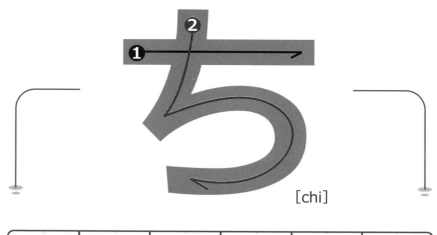

[chi]

* **ちきゅう** 地球
  chi kyu u

* **くち** 嘴
  ku shi

* **ちいさい** 小的
  chi i sa i
  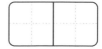

* **ちえ** 智慧
  chi e

28

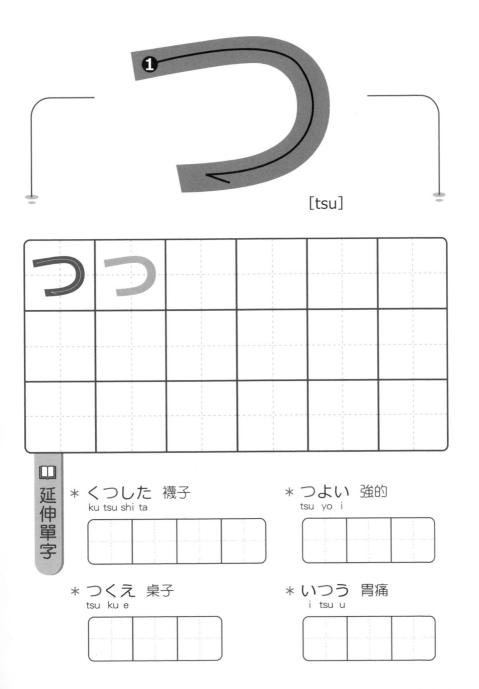

[tsu]

延伸單字

* くつした 襪子
ku tsu shi ta

* つよい 強的
tsu yo i

* つくえ 桌子
tsu ku e

* いつう 胃痛
i tsu u

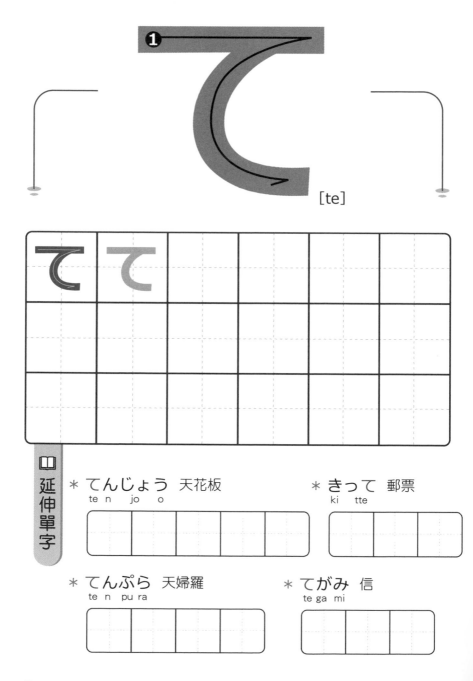

①

て

[te]

て	て				

📖 延伸單字

＊ てんじょう　天花板
te n jo o

＊ きって　郵票
ki tte

＊ てんぷら　天婦羅
te n pu ra

＊ てがみ　信
te ga mi

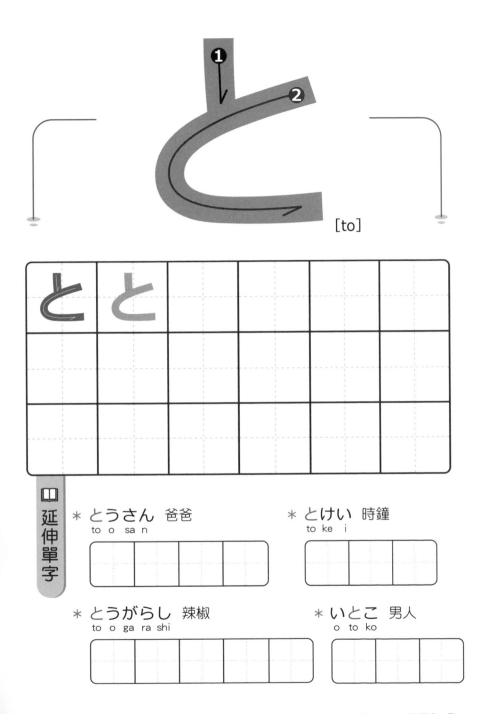

[to]

とと

📖 延伸單字

* とうさん　爸爸
  to o sa n

* とけい　時鐘
  to ke i

* とうがらし　辣椒
  to o ga ra shi

* いとこ　男人
  o to ko

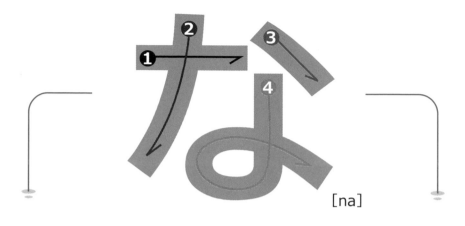

[na]

な	な				

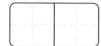

* いなずま 閃電
  i na zu ma

* なまえ 名字
  na ma e

* なつ 夏天
  na tsu

* はな 鼻子
  ha na

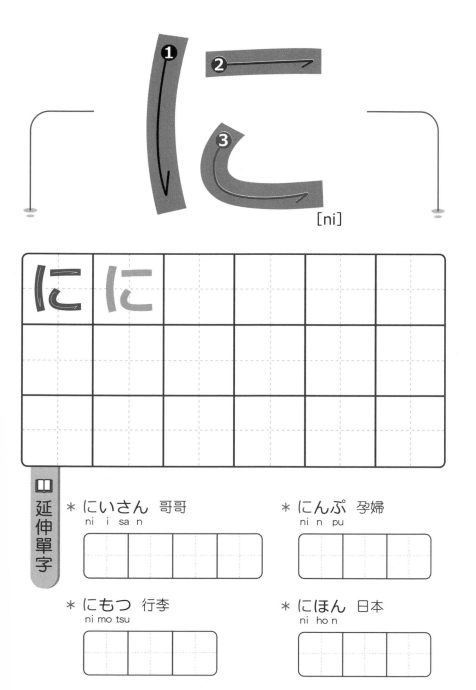

[ni]

にに

📖
延
伸
單
字

* にいさん 哥哥
  ni i sa n

* にんぷ 孕婦
  ni n pu

* にもつ 行李
  ni mo tsu

* にほん 日本
  ni ho n

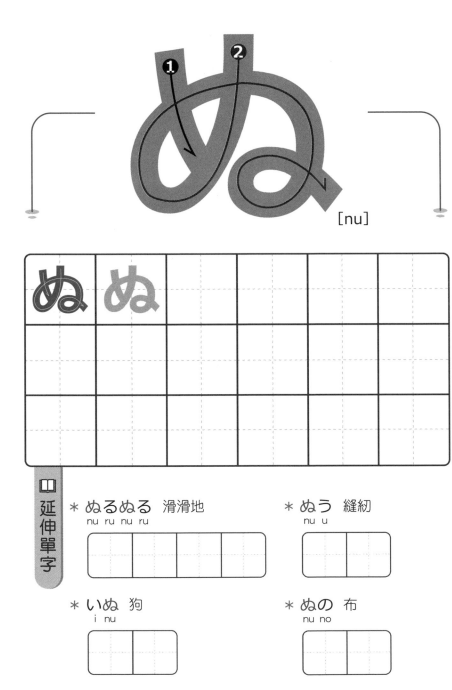

[nu]

延伸單字

* ぬるぬる 滑滑地
  nu ru nu ru

* ぬう 縫紉
  nu u

* いぬ 狗
  i nu

* ぬの 布
  nu no

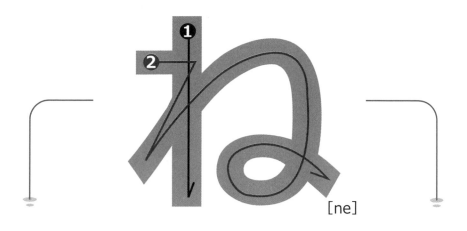

[ne]

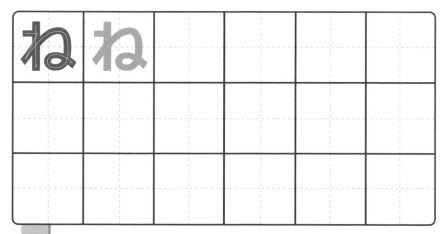

* ねえさん　姐姐
ne e sa n
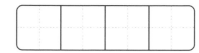

* ねる　睡覺
ne ru

* きょねん　去年
kyo ne n

* ねこ　貓
ne ko
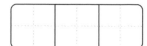

の

[no]

のの

📖 延伸單字

* のみもの 飲料
  no mi mo no

* きもの 和服
  ki mo no

* のいちご 野莓
  no i chi go

* のり 海苔
  no ri

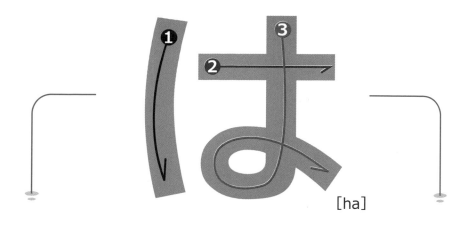

[ha]

は	は				

延伸單字

* はいしゃ　牙醫
ha i sha

* はなび　煙火
ha na bi

* はる　春天
ha ru

* はし　筷子
ha shi

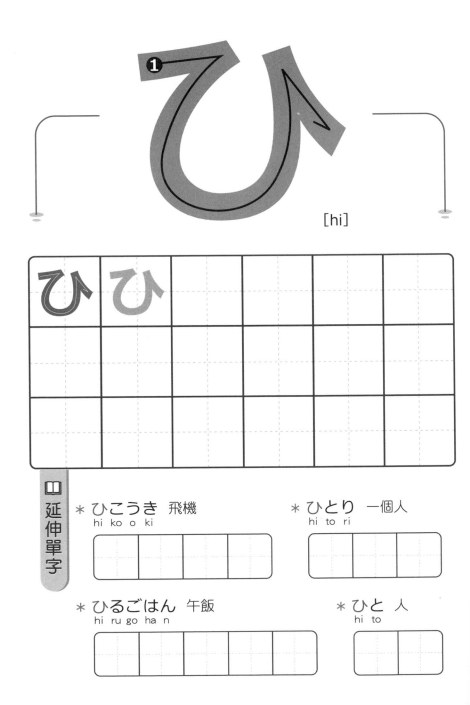

ひ

[hi]

ひ	ひ				

延伸單字

* ひこうき　飛機
hi ko o ki

* ひとり　一個人
hi to ri

* ひるごはん　午飯
hi ru go ha n

* ひと　人
hi to

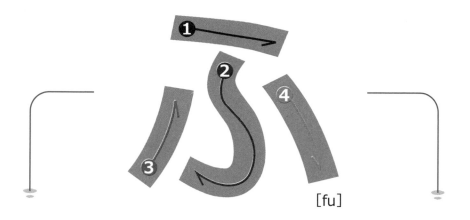

[fu]

* ふじさん 富士山
fu ji sa n

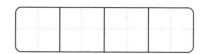

* ふろ 沐浴
fu ro

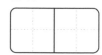

* たいふう 颱風
ta i fu u

* ふえ 哨子
fu e

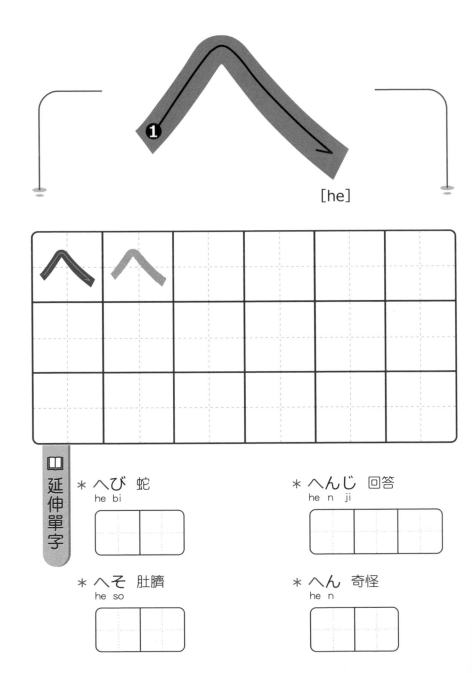

[he]

延伸單字

* へび 蛇
he bi

* へそ 肚臍
he so

* へんじ 回答
he n ji

* へん 奇怪
he n

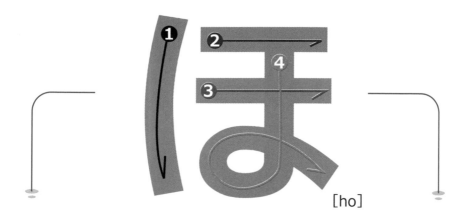

[ho]

ほ	ほ				

* ほんだな　書架
ho n da na

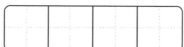

* ほそい　細的
ho so i

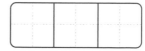

* ほうほう　方法
ho o ho o

* ほけん　保險
ho ke n

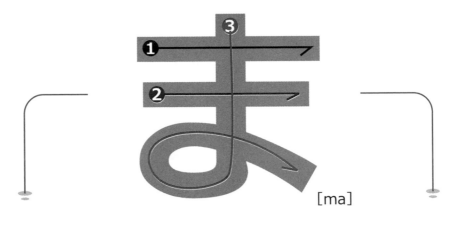

[ma]

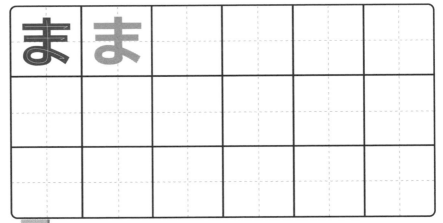

延伸單字

* まっちゃ　抹茶
ma　　ccha

* まくら　枕頭
ma ku ra

* おまもり　護身符
o ma mo ri

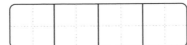

* まご　孫子
ma go

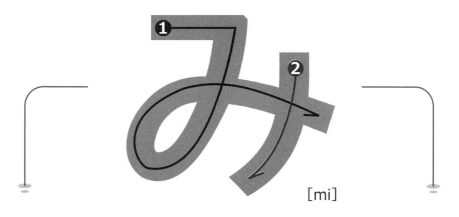

[mi]

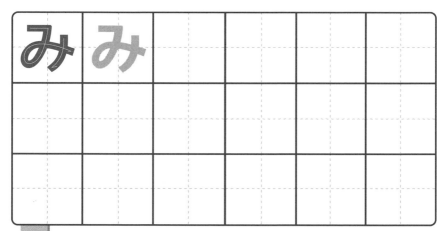

📖 延伸單字

* うみ　海
u mi

* みかん　橘子
mi ka n

* かがみ　鏡子
ka ga mi

* はなみ　賞花
ha na mi

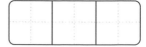

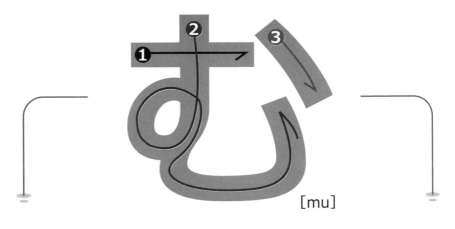

[mu]

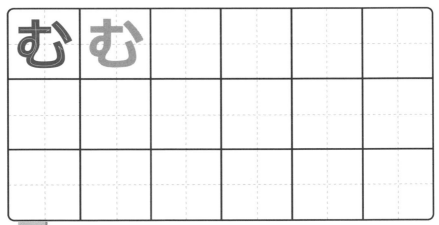

延伸單字

* むすめ　女兒
  mu su me

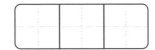

* さむい　天氣冷的
  sa mu i

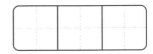

* むすこ　兒子
  mu su ko

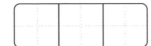

* むり　不能
  mu ri

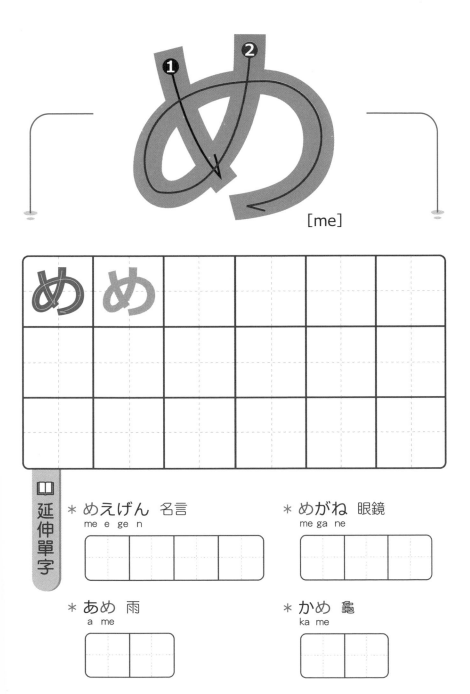

め　め

[me]

* めえげん　名言
  me e ge n

* めがね　眼鏡
  me ga ne

* あめ　雨
  a me

* かめ　龜
  ka me

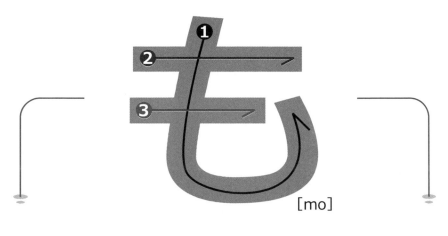

[mo]

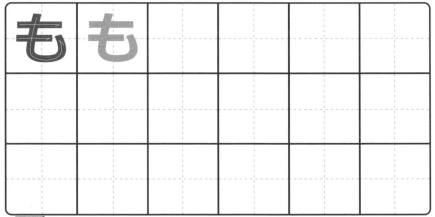

も　も

延伸單字

* いもうと　妹妹
i mo o to

* こども　孩子
ko do mo

* ふともも　大腿
fu to mo mo

* もも　桃子
mo mo

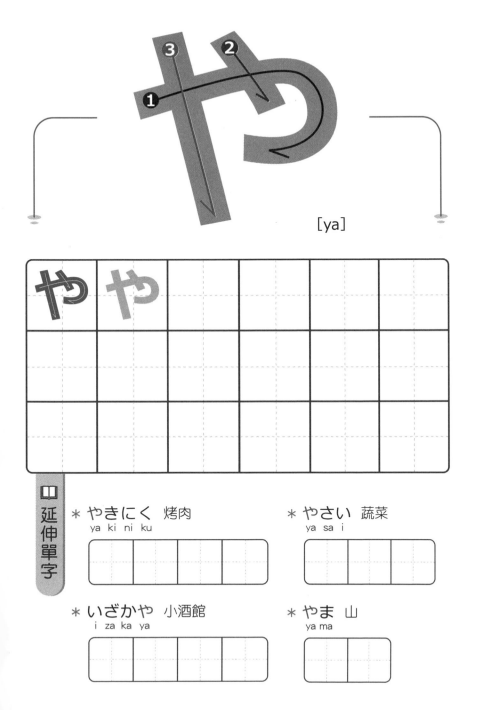

[ya]

延伸單字

* やきにく 烤肉
  ya ki ni ku

* やさい 蔬菜
  ya sa i

* いざかや 小酒館
  i za ka ya

* やま 山
  ya ma

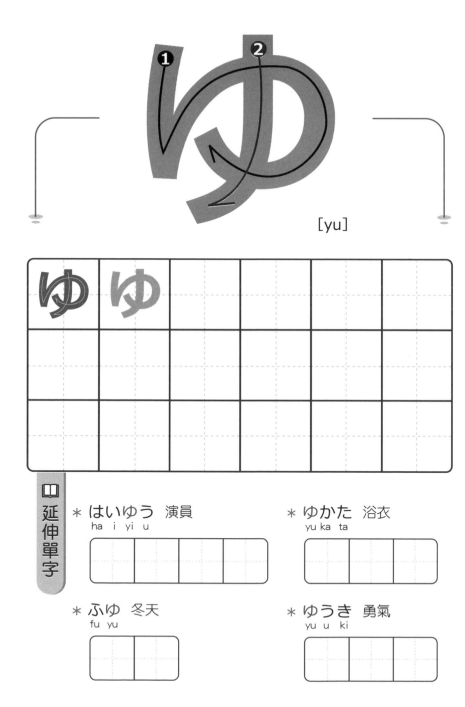

ゆ

[yu]

ゆ	ゆ				

延伸單字

* はいゆう　演員
　ha i yi u

* ふゆ　冬天
　fu yu

* ゆかた　浴衣
　yu ka ta

* ゆうき　勇氣
　yu u ki

48

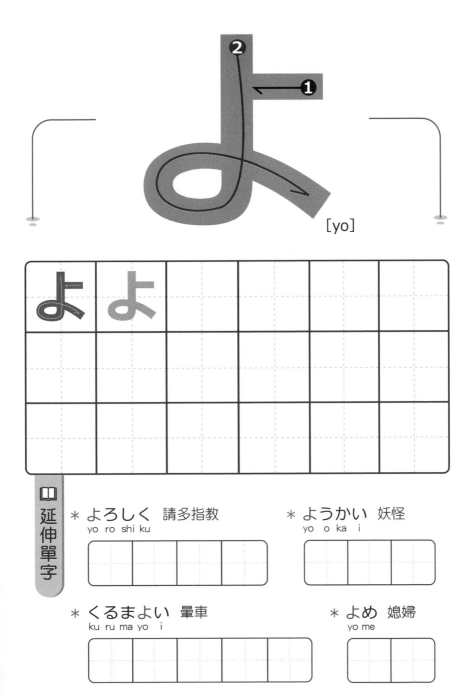

よ [yo]

よ	よ				

📖 延伸單字

* **よろしく** 請多指教
  yo ro shi ku

* **ようかい** 妖怪
  yo o ka i

* **くるまよい** 暈車
  ku ru ma yo i

* **よめ** 媳婦
  yo me

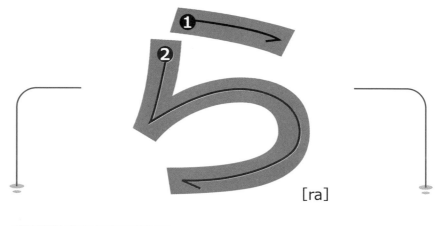

[ra]

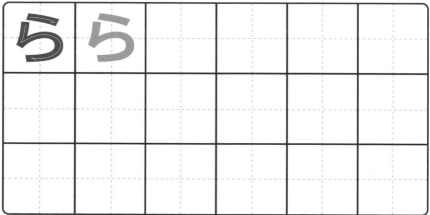

延伸單字

* らくえん 樂園
ra ku e n

* はら 肚子
ha ra

* らいねん 明年
ra i ne n

* とら 老虎
to ra

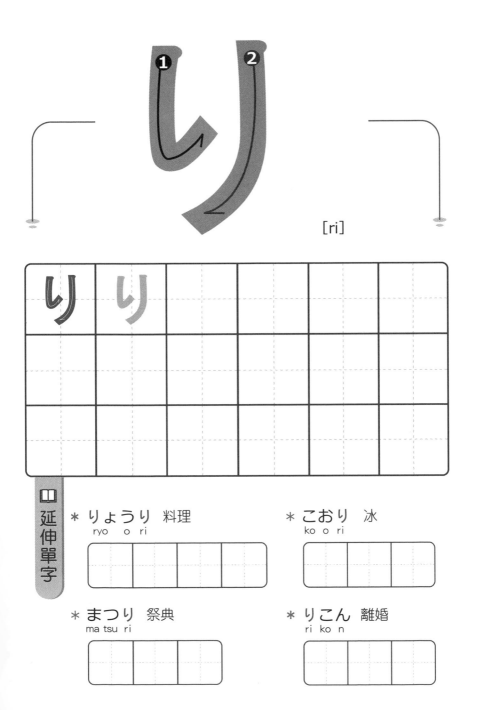

[ri]

り り

* りょうり 料理
  ryo o ri

* こおり 冰
  ko o ri

* まつり 祭典
  ma tsu ri

* りこん 離婚
  ri ko n

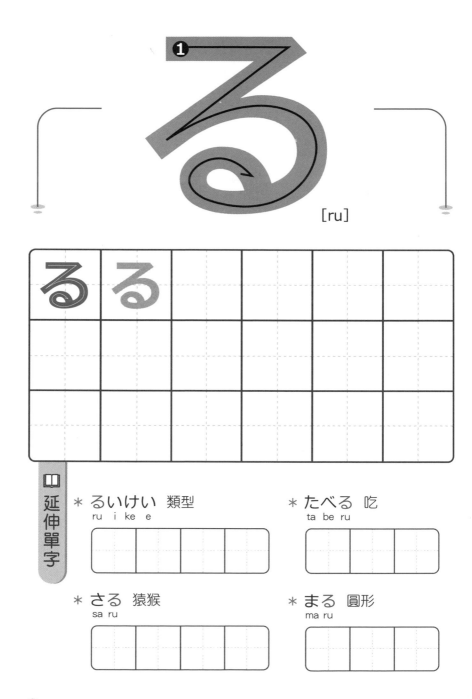

❶ る [ru]

る	る				

延伸單字

* **るいけい** 類型
ru i ke e

* **たべる** 吃
ta be ru

* **さる** 猿猴
sa ru

* **まる** 圓形
ma ru

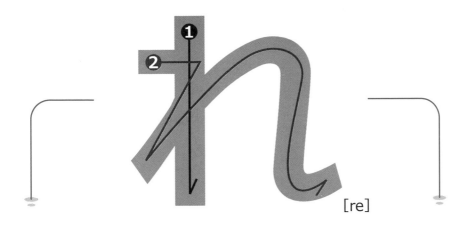

[re]

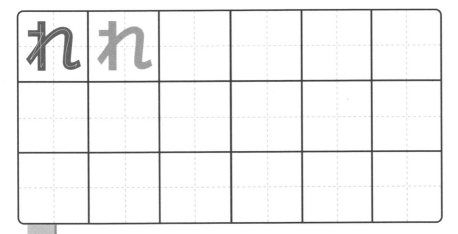

延伸單字

* ねんれい　年齢
ne n re e

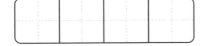

* れいし　荔枝
re e shi

* うれしい　高興的
u re shi i

* おしゃれ　時髦
o sha re

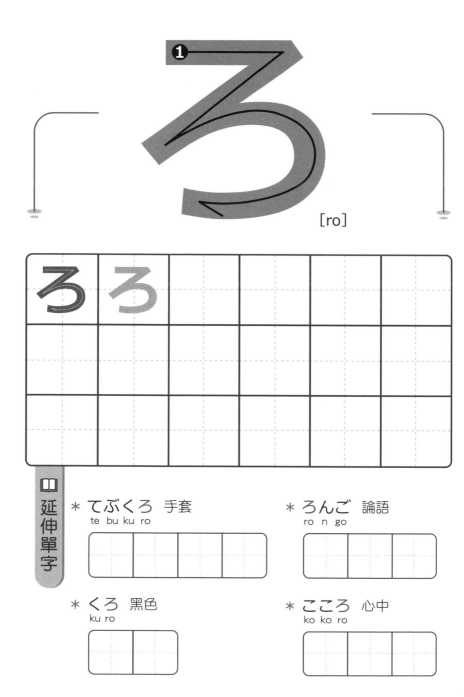

①

ろ

[ro]

ろ ろ

延伸單字

📖

* てぶくろ 手套
te bu ku ro

* ろんご 論語
ro n go

* くろ 黒色
ku ro

* こころ 心中
ko ko ro

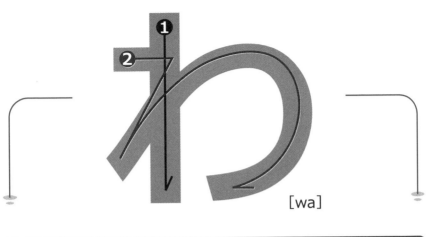

[wa]

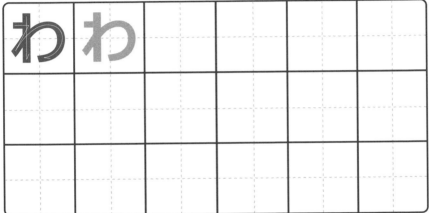

📖 延伸單字

* わがまま 任性
  wa ga ma ma

* わさび 芥末
  wa sa bi

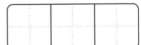

* ことわざ 諺語
  ko to wa za

* かわ 河流
  ka wa

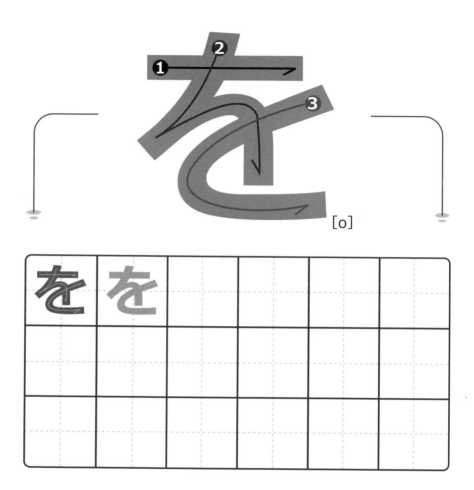

[o]

を	を				

を是一個例外字！

為助動詞，表示動作的目的、對象，所以無單字。

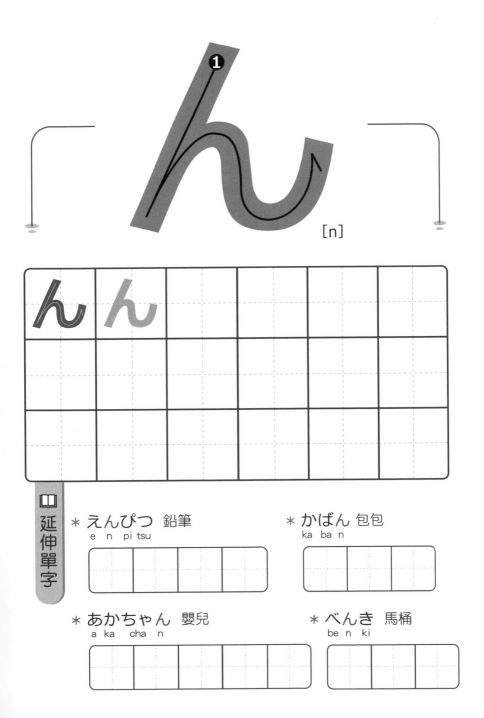

ん

[n]

📖 延伸單字

* えんぴつ 鉛筆
  e n pi tsu

* かばん 包包
  ka ba n

* あかちゃん 嬰兒
  a ka cha n

* べんき 馬桶
  be n ki

片假名的 50 音表

あ行	ア a	イ i	ウ u	エ e	オ o
か行	カ ka	キ ki	ク ku	ケ ke	コ ko
さ行	サ sa	シ shi	ス su	セ se	ソ so
た行	タ ta	チ chi	ツ tsu	テ te	ト to
な行	ナ na	ニ ni	ヌ nu	ネ ne	ノ no
は行	ハ ha	ヒ hi	フ fu	ヘ he	ホ ho
ま行	マ ma	ミ mi	ム mu	メ me	モ mo
や行	ヤ ya		ユ yu		ヨ yo
ら行	ラ ra	リ ri	ル ru	レ re	ロ ro
わ行	ワ wa				ヲ o
ん	ン n				

片假名

― 書寫練習 ―

延伸單字
練習

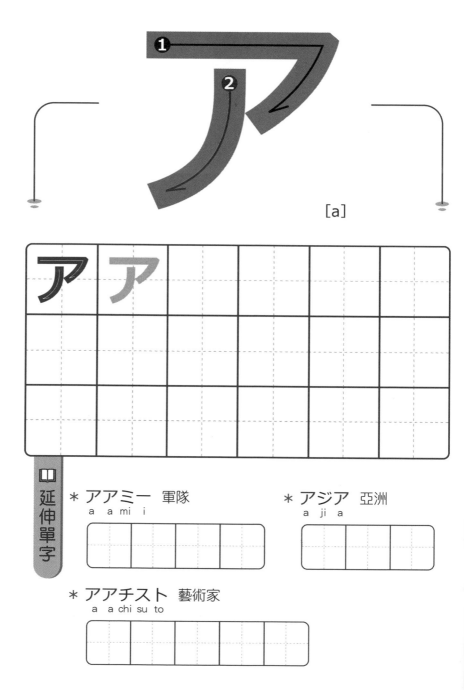

ア

[a]

ア	ア				

* アアミー　軍隊
a　a mi i

* アジア　亞洲
a ji a

* アアチスト　藝術家
a　a chi su to

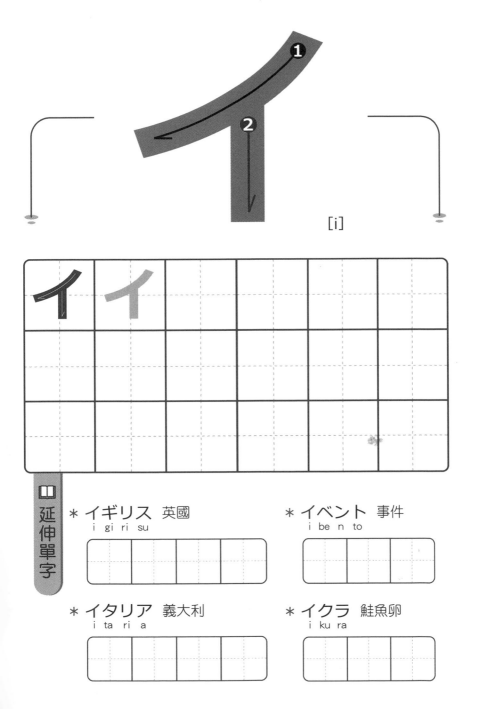

[i]

* イギリス 英國
i gi ri su

* イベント 事件
i be n to

* イタリア 義大利
i ta ri a

* イクラ 鮭魚卵
i ku ra

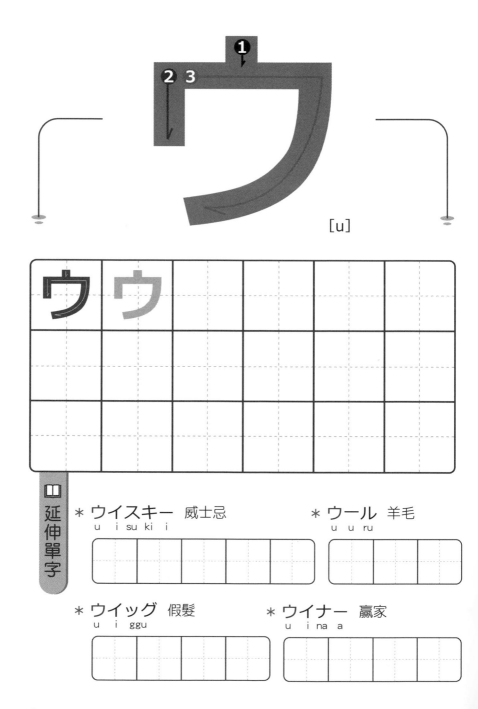

[u]

* ウイスキー　威士忌
  u i su ki i

* ウール　羊毛
  u u ru

* ウイッグ　假髮
  u i ggu

* ウイナー　贏家
  u i na a

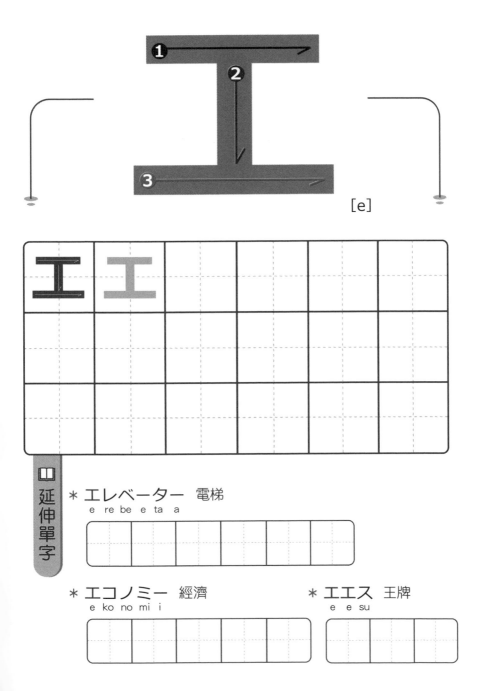

[e]

エ エ

延伸單字

* エレベーター　電梯
  e re be e ta a

* エコノミー　經濟
  e ko no mi i

* エエス　王牌
  e e su

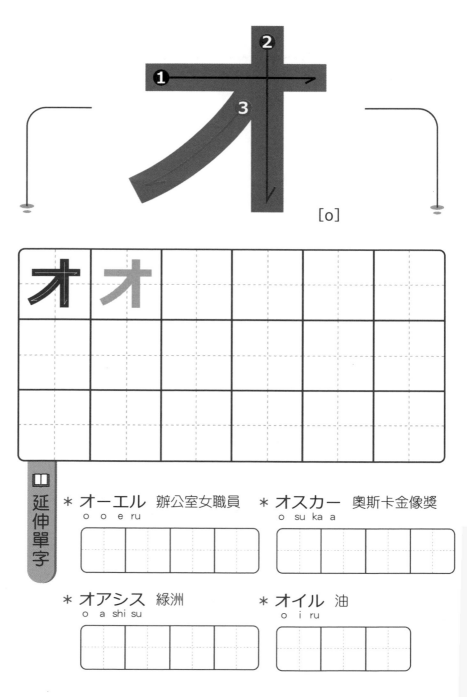

[o]

オ オ

延伸單字

* オーエル　辦公室女職員
  o o e ru

* オスカー　奧斯卡金像獎
  o su ka a

* オアシス　綠洲
  o a shi su

* オイル　油
  o i ru

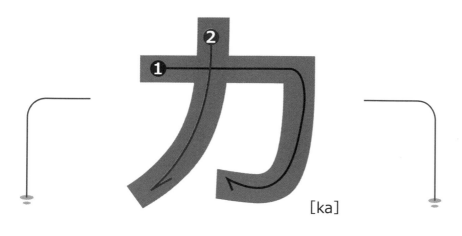

[ka]

カ	カ					

延伸單字

* カーテン 窗簾
ka a te n

* カード 卡片
ka a do

* カウンター 櫃台
ka u n ta a

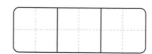

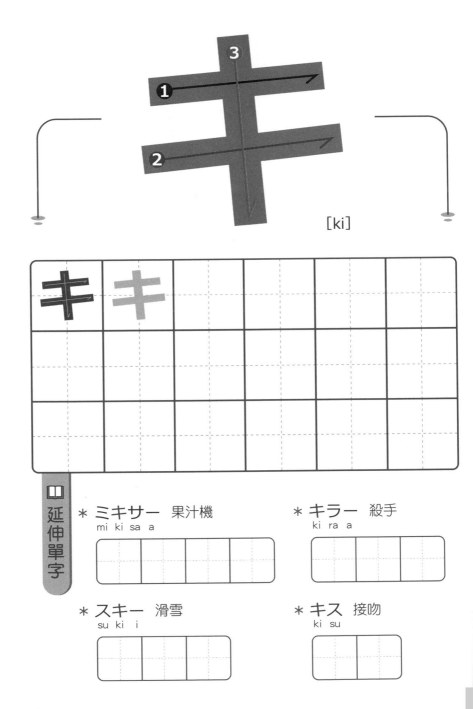

[ki]

* ミキサー　果汁機
mi ki sa a

* キラー　殺手
ki ra a

* スキー　滑雪
su ki i

* キス　接吻
ki su

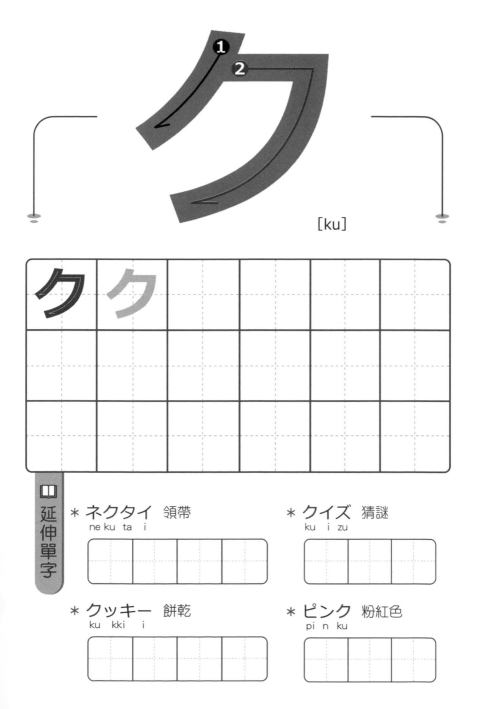

ク
[ku]

ク ク

延伸單字

* ネクタイ 領帶
  ne ku ta i

* クイズ 猜謎
  ku i zu

* クッキー 餅乾
  ku kki i

* ピンク 粉紅色
  pi n ku

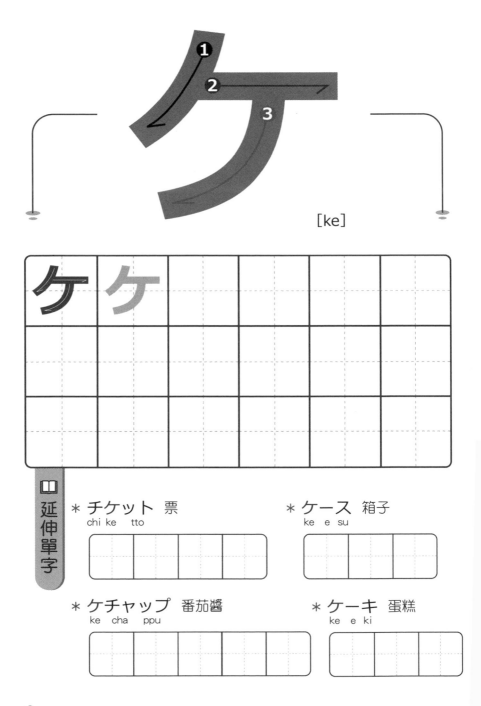

ケ

[ke]

ケ ケ

📖 延伸單字

* チケット 票
  chi ke tto

* ケース 箱子
  ke e su

* ケチャップ 番茄醬
  ke cha ppu

* ケーキ 蛋糕
  ke e ki

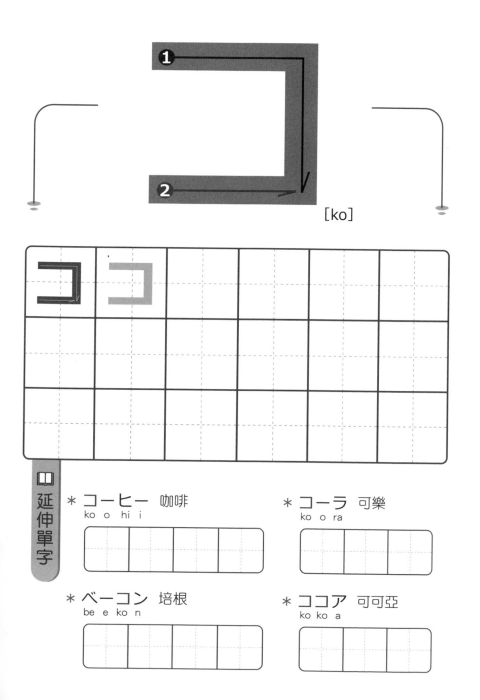

[ko]

* コーヒー 咖啡
  ko o hi i

* コーラ 可樂
  ko o ra

* ベーコン 培根
  be e ko n

* ココア 可可亞
  ko ko a

延伸單字

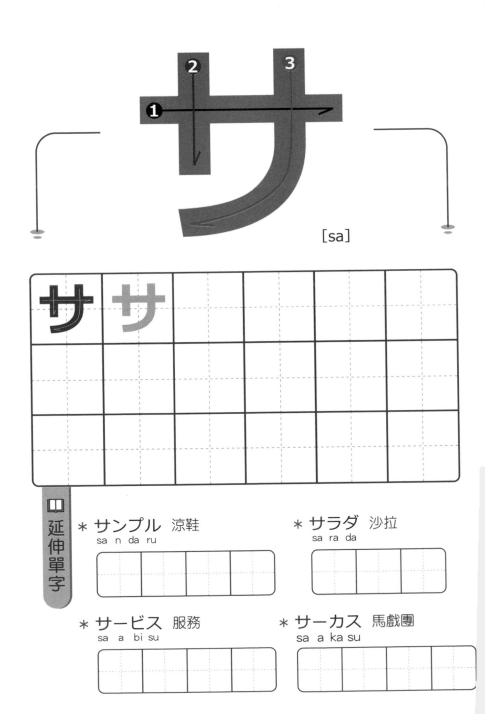

[sa]

* サンプル 涼鞋
sa n da ru

* サラダ 沙拉
sa ra da

* サービス 服務
sa a bi su

* サーカス 馬戲團
sa a ka su

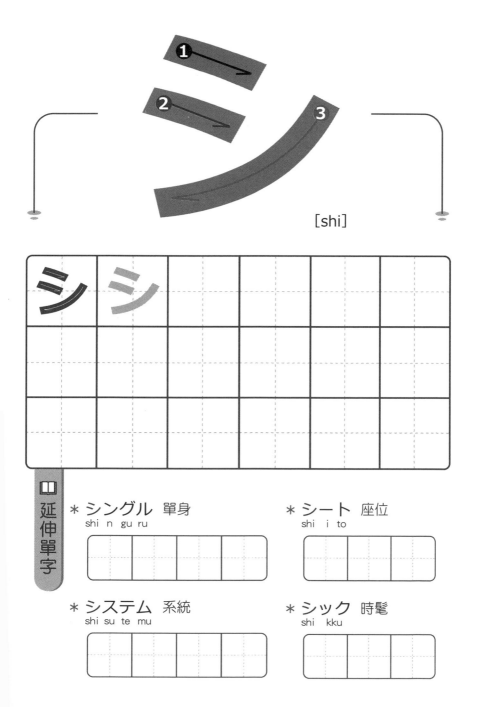

[shi]

延伸單字

* シングル 單身
  shi n gu ru

* シート 座位
  shi i to

* システム 系統
  shi su te mu

* シック 時髦
  shi kku

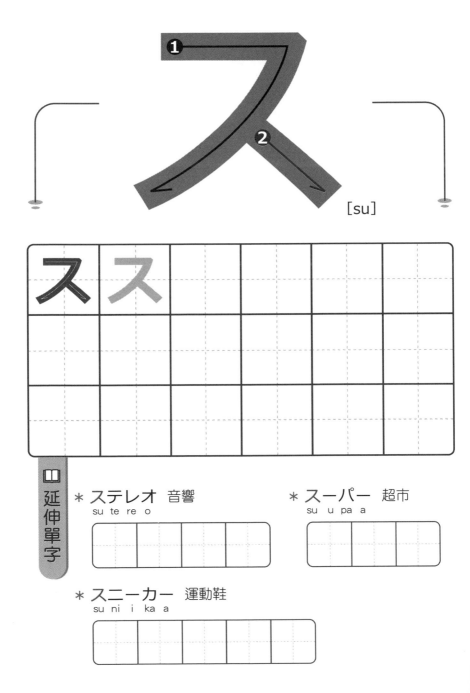

ス [su]

ス	ス				

延伸單字

* ステレオ 音響
su te re o

* スーパー 超市
su u pa a

* スニーカー 運動鞋
su ni i ka a

72

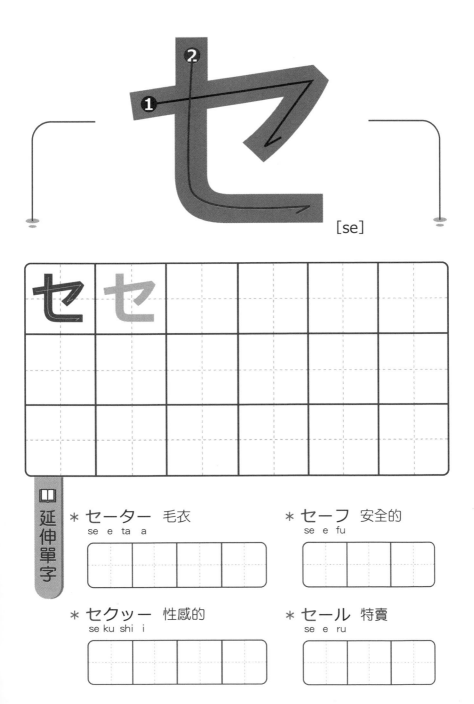

セ [se]

セ	セ				

延伸單字

* セーター　毛衣
  se e ta a

* セーフ　安全的
  se e fu

* セクッー　性感的
  se ku shi i

* セール　特賣
  se e ru

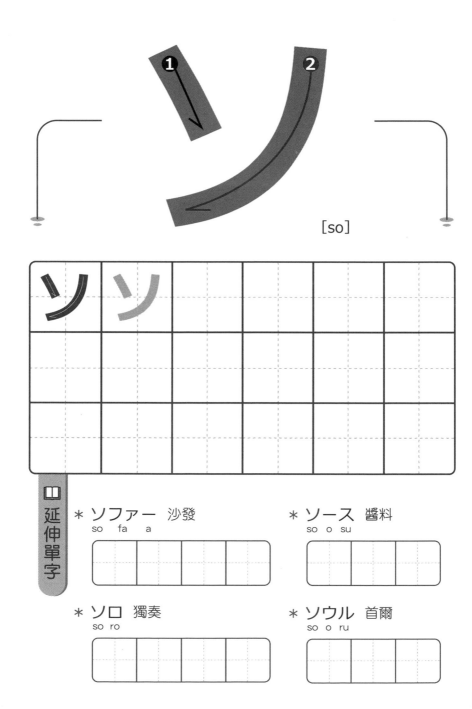

[so]

延伸單字

* ソファー 沙發
  so fa a

* ソース 醬料
  so o su

* ソロ 獨奏
  so ro

* ソウル 首爾
  so o ru

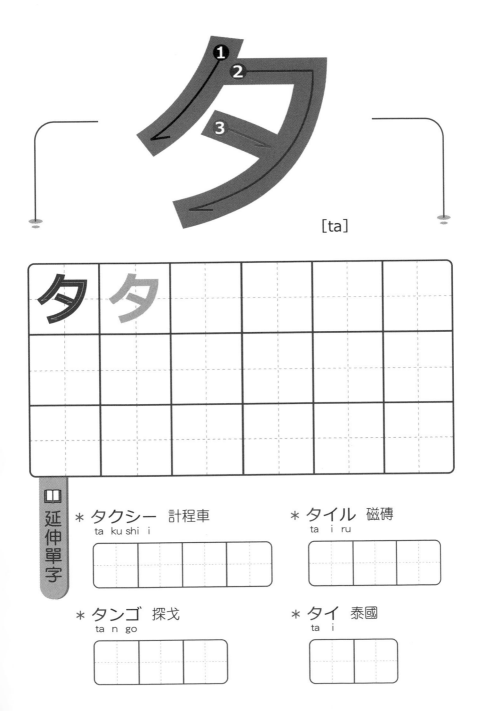

[ta]

タ タ

延伸單字

* タクシー　計程車
  ta ku shi i

* タイル　磁磚
  ta i ru

* タンゴ　探戈
  ta n go

* タイ　泰國
  ta i

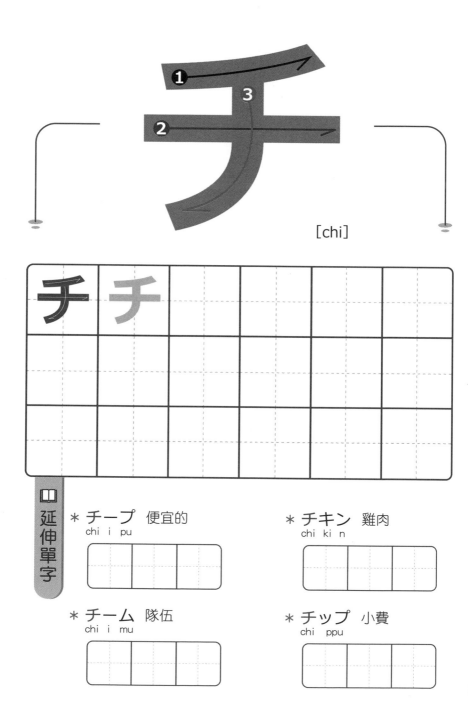

[chi]

* **チープ** 便宜的
chi i pu

* **チキン** 雞肉
chi ki n

* **チーム** 隊伍
chi i mu

* **チップ** 小費
chi ppu

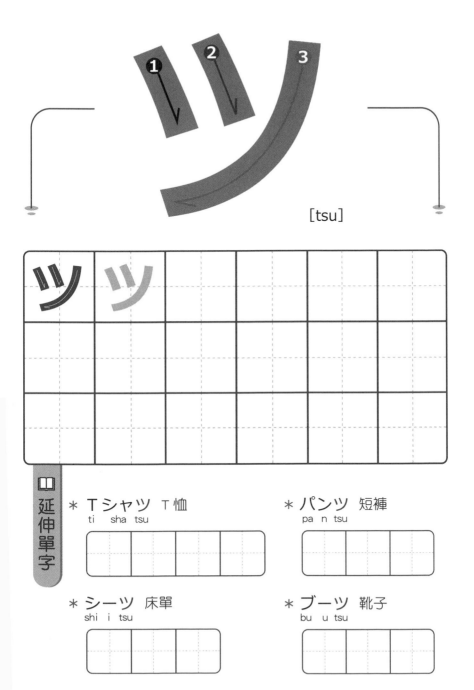

[tsu]

延伸單字

* Tシャツ T恤
ti sha tsu

* パンツ 短褲
pa n tsu

* シーツ 床單
shi i tsu

* ブーツ 靴子
bu u tsu

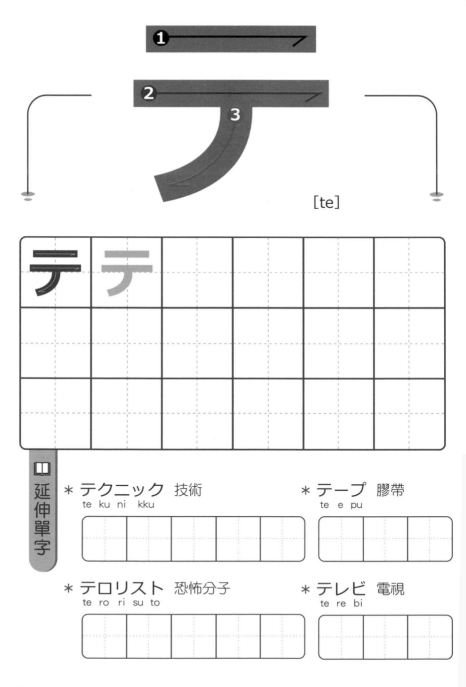

[te]

延伸單字

* テクニック　技術
  te ku ni kku

* テープ　膠帶
  te e pu

* テロリスト　恐怖分子
  te ro ri su to

* テレビ　電視
  te re bi

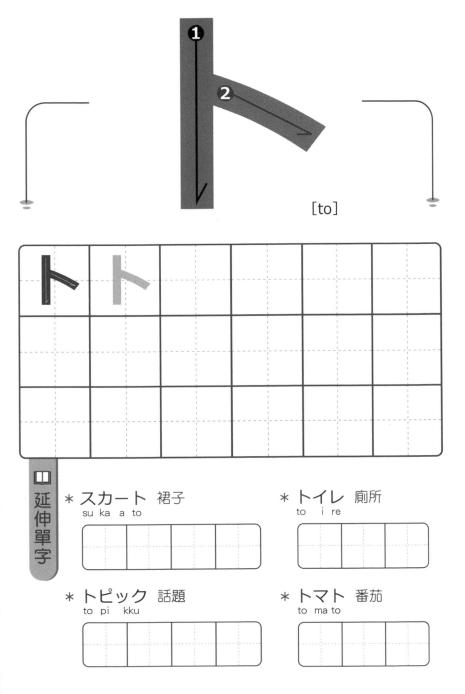

[to]

延伸單字

* スカート 裙子
  su ka a to

* トイレ 廁所
  to i re

* トピック 話題
  to pi kku

* トマト 番茄
  to ma to

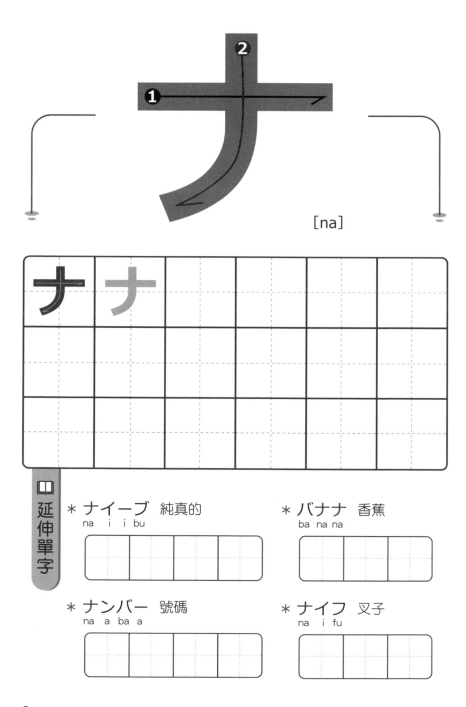

[na]

ナ　ナ

延伸單字

＊ ナイーブ　純真的
na　i　i　bu

＊ バナナ　香蕉
ba　na　na

＊ ナンバー　號碼
na　a　ba　a

＊ ナイフ　叉子
na　i　fu

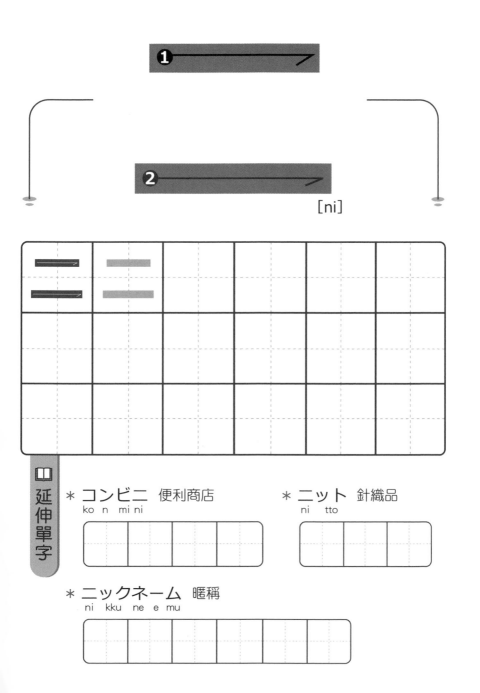

[ni]

* コンビニ 便利商店
  ko n mi ni

* ニット 針織品
  ni tto

* ニックネーム 暱稱
  ni kku ne e mu

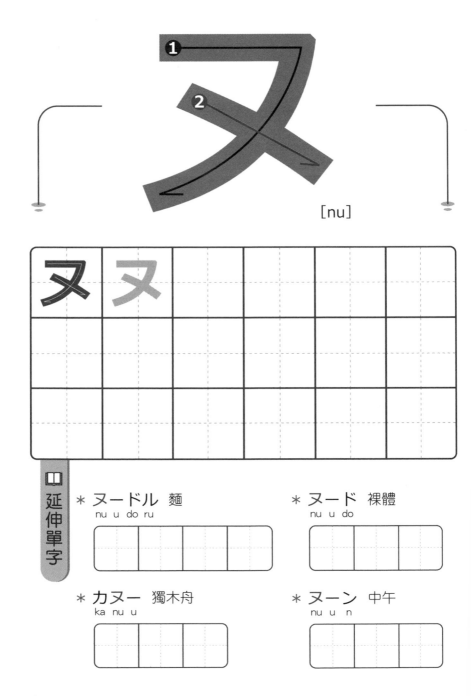

ヌ

[nu]

ヌ	ヌ				

* ヌードル 麵
nu u do ru

* ヌード 裸體
nu u do

* カヌー 獨木舟
ka nu u

* ヌーン 中午
nu u n

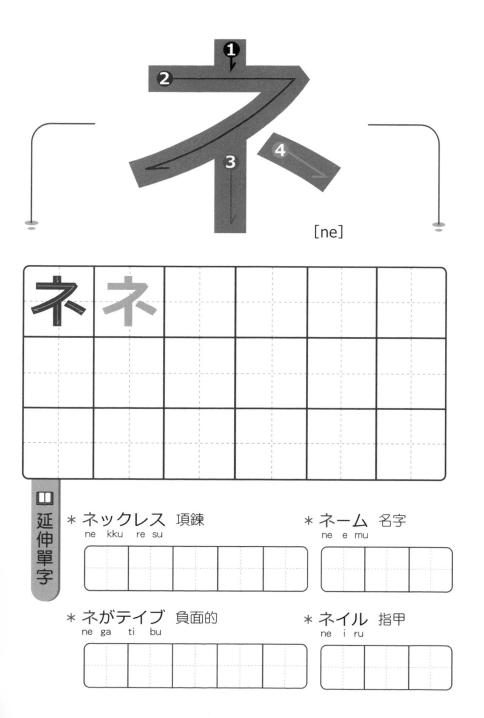

[ne]

延伸單字

* ネックレス 項錬
  ne kku re su

* ネーム 名字
  ne e mu

* ネガティブ 負面的
  ne ga ti bu

* ネイル 指甲
  ne i ru

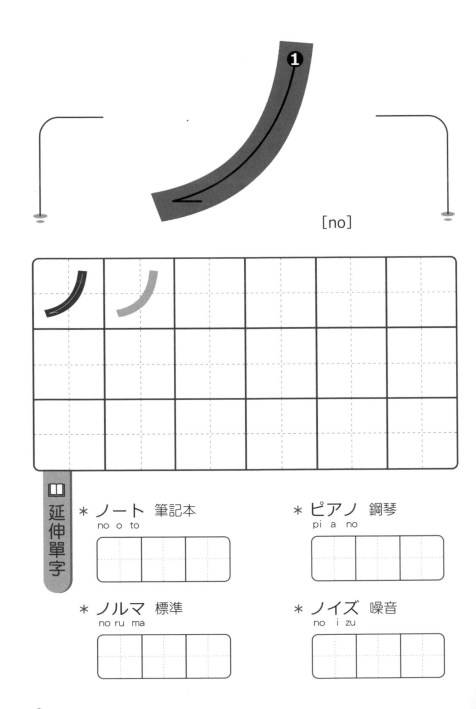

[no]

延伸單字

* ノート 筆記本
no o to

* ピアノ 鋼琴
pi a no

* ノルマ 標準
no ru ma

* ノイズ 噪音
no i zu

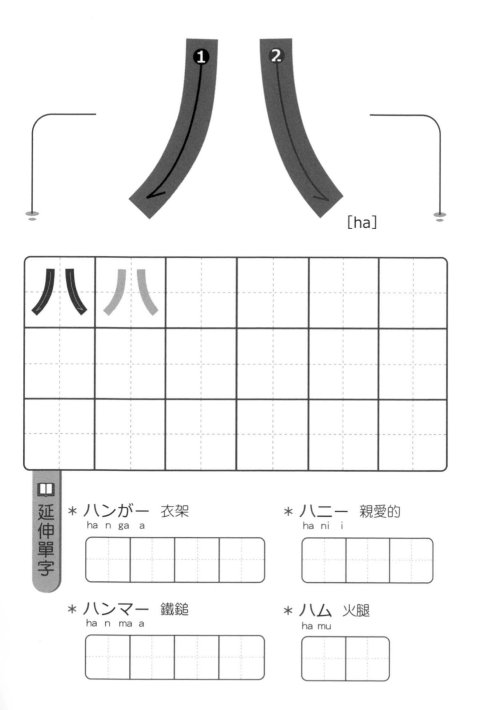

[ha]

延伸單字

* ハンガー　衣架
ha n ga a

* ハニー　親愛的
ha ni i

* ハンマー　鐵鎚
ha n ma a

* ハム　火腿
ha mu

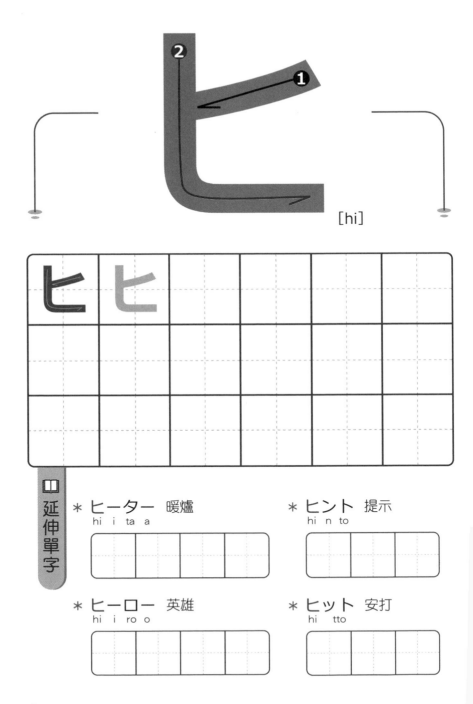

[hi]

ヒ ヒ

* ヒーター 暖爐
  hi i ta a

* ヒント 提示
  hi n to

* ヒーロー 英雄
  hi i ro o

* ヒット 安打
  hi tto

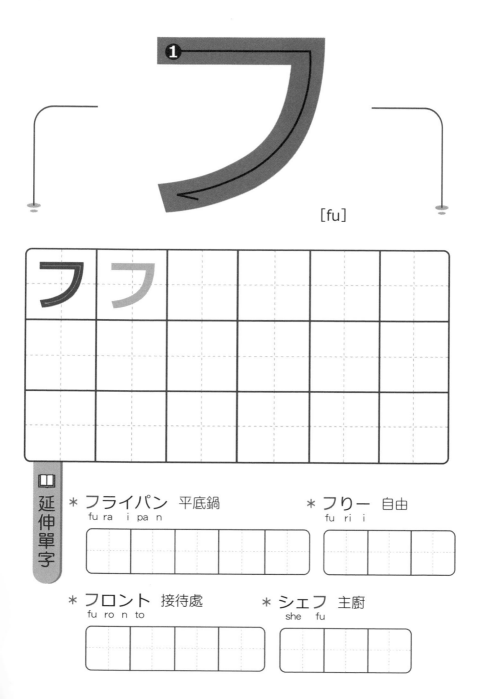

① フ

[fu]

フ	フ				

延伸單字

* フライパン 平底鍋
fu ra i pa n

* フリー 自由
fu ri i

* フロント 接待處
fu ro n to

* シェフ 主廚
she fu

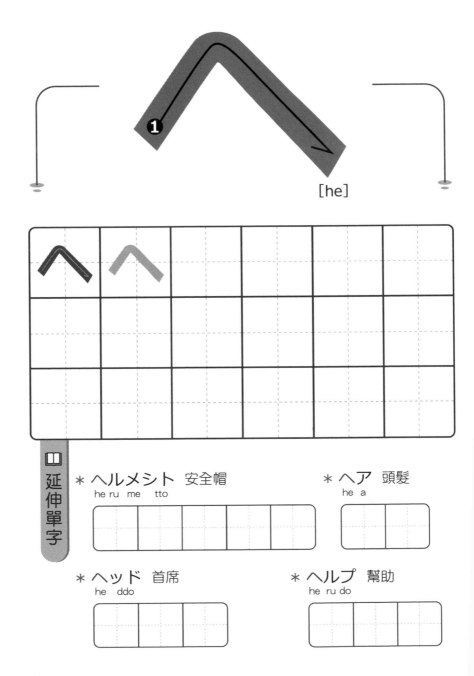

[he]

延伸單字

* ヘルメシト　安全帽
he ru me tto

* ヘア　頭髪
he a

* ヘッド　首席
he ddo

* ヘルプ　幫助
he ru do

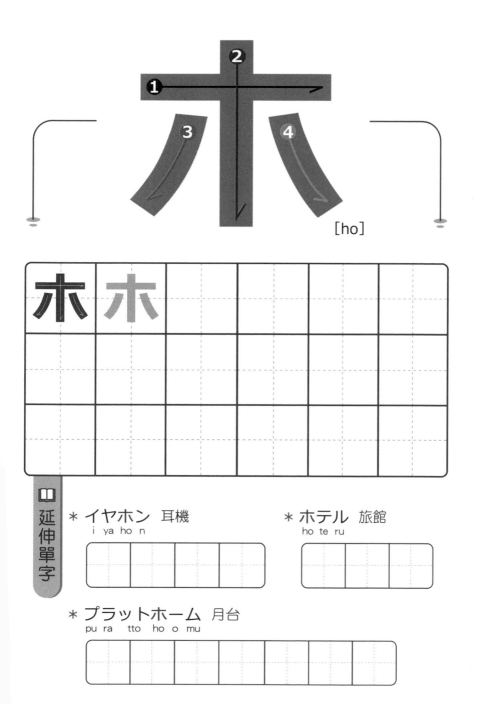

[ho]

ホ	ホ				

📖 延伸單字

＊ イヤホン　耳機
i ya ho n

＊ ホテル　旅館
ho te ru

＊ プラットホーム　月台
pu ra tto ho o mu

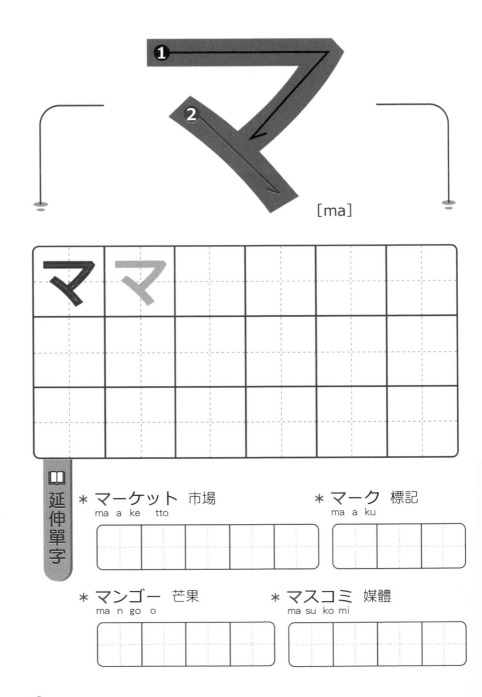

[ma]

マ ママ

□ 延伸單字

＊ マーケット 市場
ma a ke tto

＊ マーク 標記
ma a ku

＊ マンゴー 芒果
ma n go o

＊ マスコミ 媒體
ma su ko mi

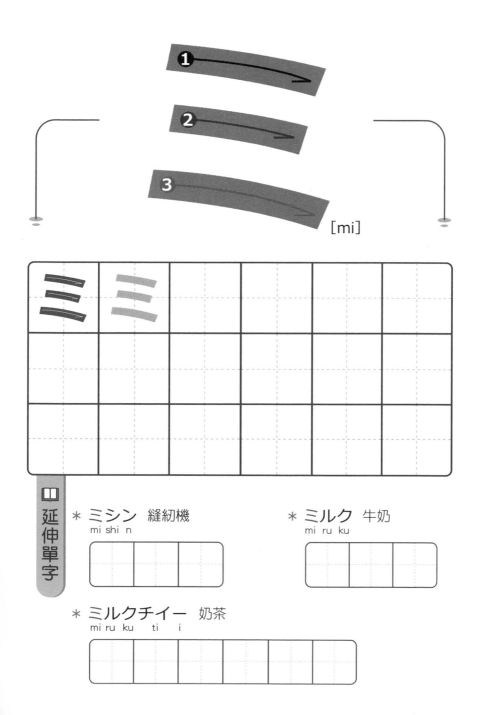

[mi]

ミ

* ミシン　縫紉機
mi shi n

* ミルク　牛奶
mi ru ku

* ミルクチイー　奶茶
mi ru ku　ti　i

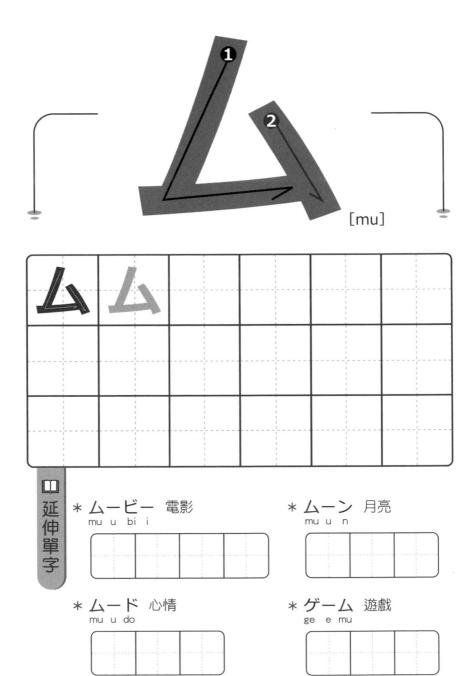

[mu]

延伸單字

* ムービー 電影
mu u bi i

* ムーン 月亮
mu u n

* ムード 心情
mu u do

* ゲーム 遊戯
ge e mu

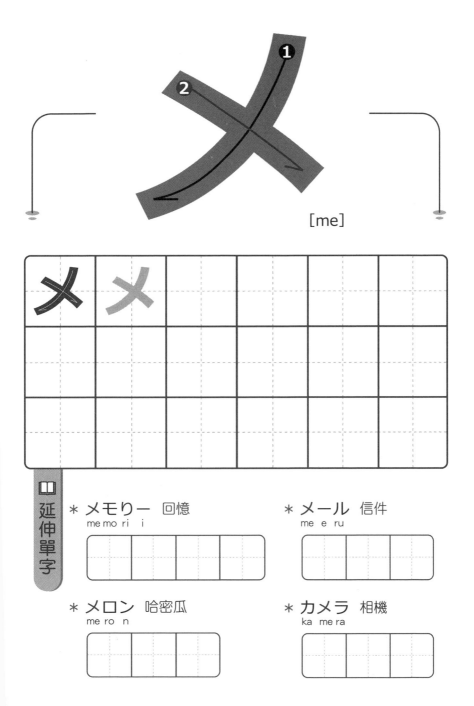

[me]

延伸單字

* メモリー 回憶
  me mo ri i

* メール 信件
  me e ru

* メロン 哈密瓜
  me ro n

* カメラ 相機
  ka me ra

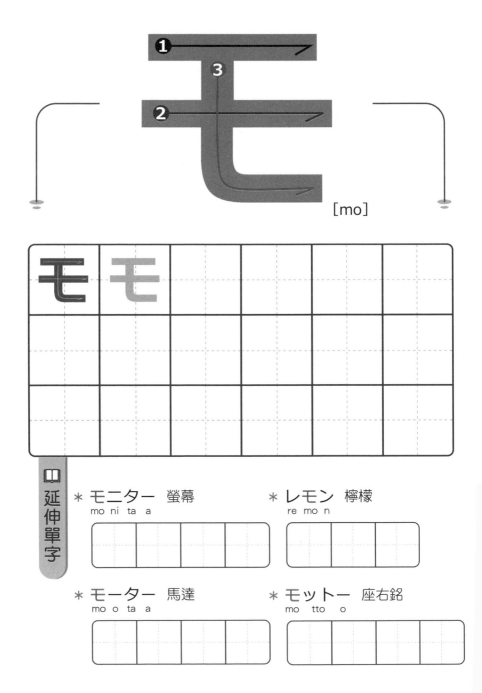

モ [mo]

モ モ

延伸單字

* モニター 螢幕
  mo ni ta a

* レモン 檸檬
  re mo n

* モーター 馬達
  mo o ta a

* モットー 座右銘
  mo tto o

94

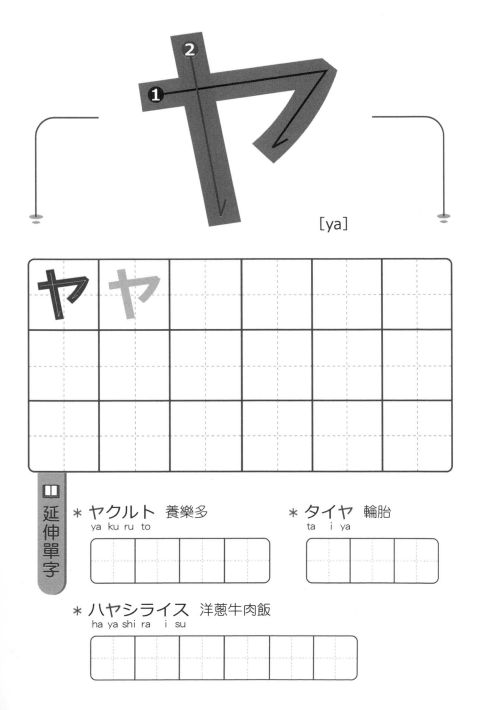

[ya]

延伸單字

* ヤクルト　養樂多
  ya ku ru to

* タイヤ　輪胎
  ta i ya

* ハヤシライス　洋蔥牛肉飯
  ha ya shi ra i su

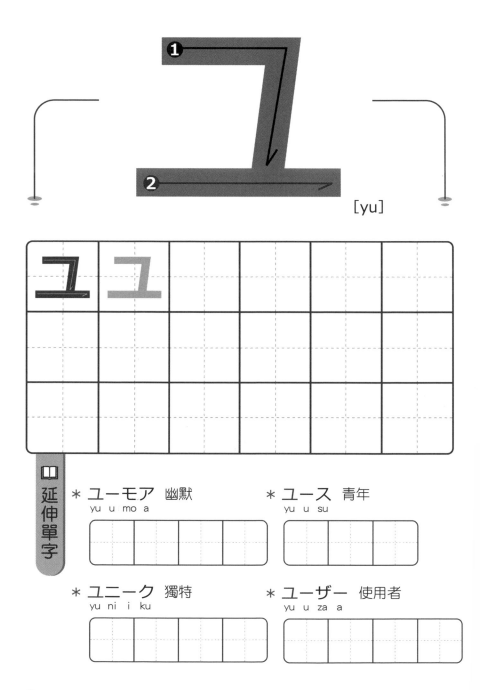

[yu]

延伸單字

* ユーモア　幽默
yu u mo a

* ユース　青年
yu u su

* ユニーク　獨特
yu ni i ku

* ユーザー　使用者
yu u za a

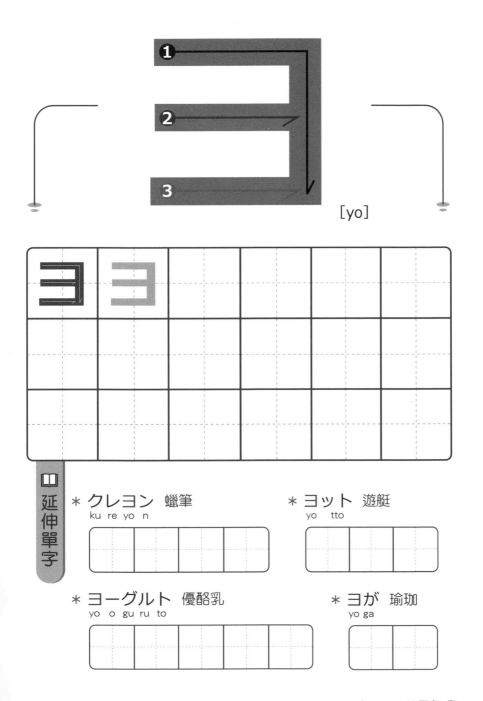

[yo]

延伸單字

* クレヨン 蠟筆
ku re yo n

* ヨット 遊艇
yo tto

* ヨーグルト 優酪乳
yo o gu ru to

* ヨガ 瑜珈
yo ga

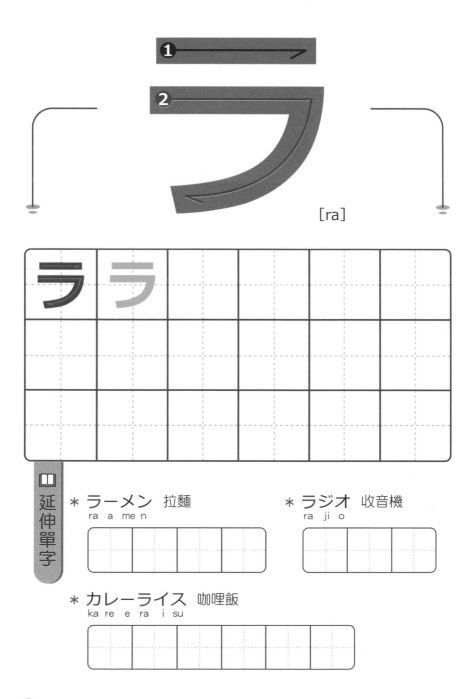

ラ

[ra]

ラ ラ

延伸單字

* ラーメン 拉麵
  ra a me n

* ラジオ 收音機
  ra ji o

* カレーライス 咖哩飯
  ka re e ra i su

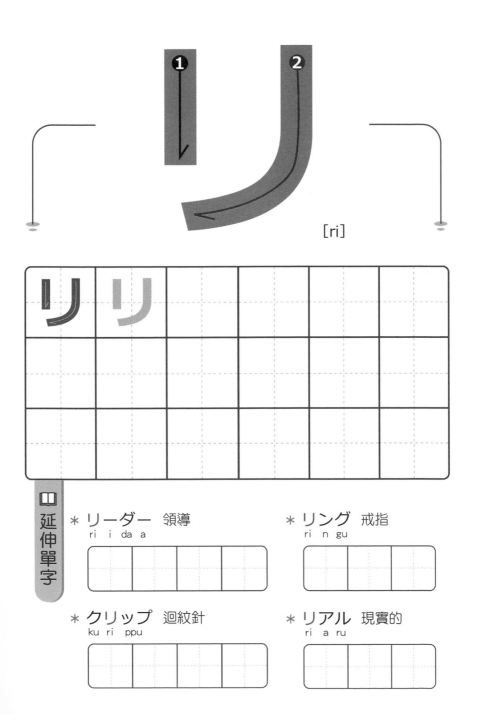

[ri]

リ リ

📖 延伸單字

* リーダー　領導
ri i da a

* リング　戒指
ri n gu

* クリップ　迴紋針
ku ri ppu

* リアル　現實的
ri a ru

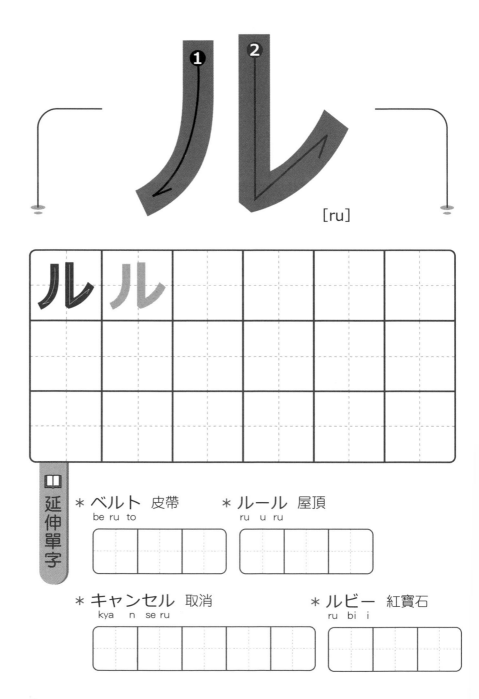

ル　ル

[ru]

延伸單字

* ベルト　皮帶
be ru to

* ルール　屋頂
ru u ru

* キャンセル　取消
kya n se ru

* ルビー　紅寶石
ru bi i

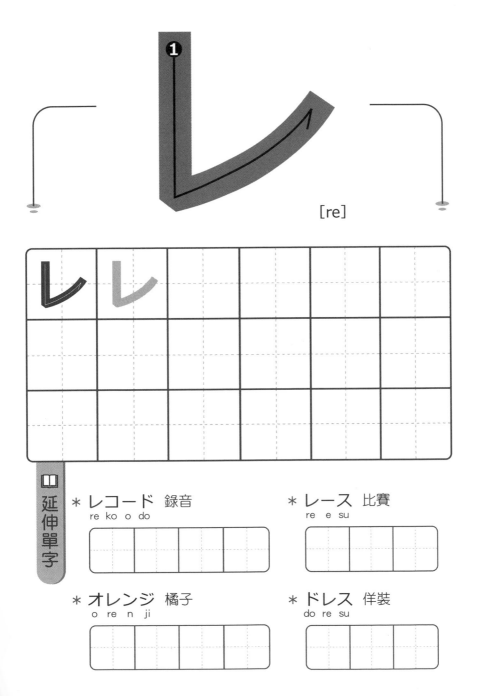

①

[re]

レ　レ

* レコード　錄音
re ko o do

* レース　比賽
re e su

* オレンジ　橘子
o re n ji

* ドレス　伴裝
do re su

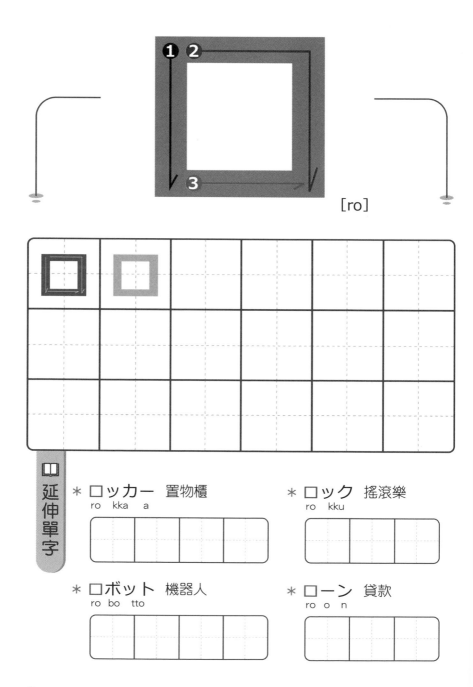

[ro]

延伸單字

* ロッカー 置物櫃
  ro kka a

* ロック 搖滾樂
  ro kku

* ロボット 機器人
  ro bo tto

* ローン 貸款
  ro o n

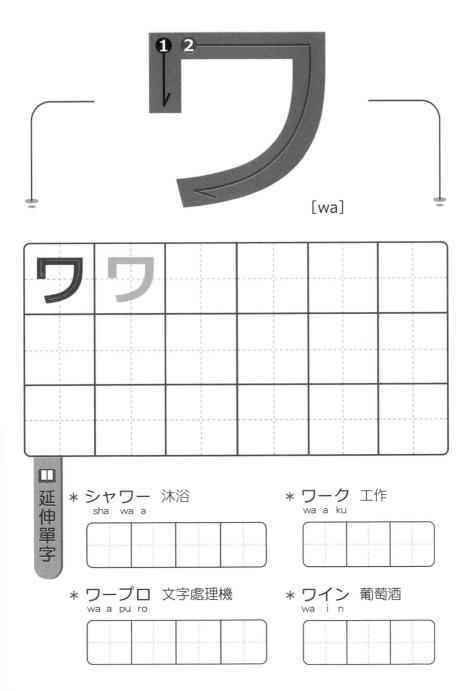

ワ

[wa]

ワ ワ

延伸單字

* シャワー 沐浴
sha wa a

* ワーク 工作
wa a ku

* ワープロ 文字處理機
wa a pu ro

* ワイン 葡萄酒
wa i n

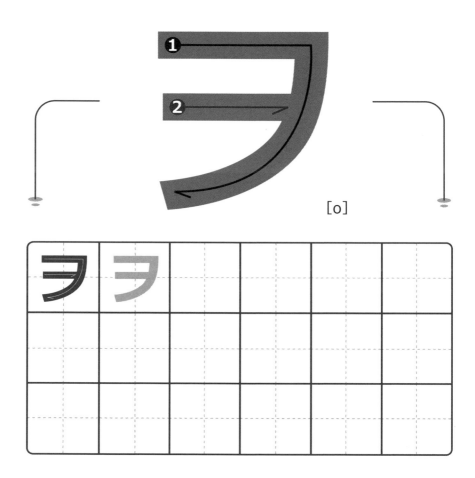

[o]

ヲ是一個例外字！
為助動詞，表示動作的目的、對象，所以無單字。

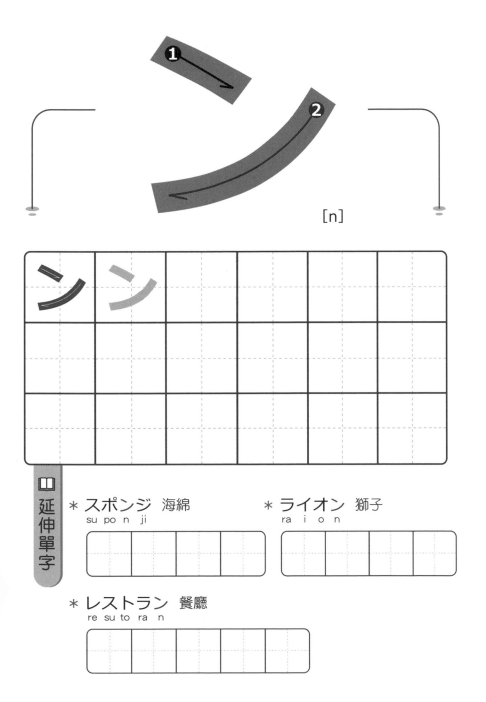

[n]

* スポンジ 海綿
  su po n ji

* ライオン 獅子
  ra i o n

* レストラン 餐廳
  re su to ra n

克漏字練習　將空缺的假名填上吧！

（I）平假名

	a段	i段	u段	e段	o段
a行	あ	___	う	___	お
ka行	か	き	___	___	こ
sa行	___	し	す	___	そ
ta行	た	___	___	て	___
na行	な	___	___	ね	の
ha行	___	ひ	___	へ	___
ma行	ま	___	む	___	___
ya行	___		ゆ		よ
ra行	ら	り	___	___	ろ
wa行	___				を
拔音	___				

(Ⅱ) 片假名

	a 段	i 段	u 段	e 段	o 段
a 行	ア	イ	___	え	___
ka 行	___	キ	ク	ケ	___
sa 行	サ	___	___	セ	ソ
ta 行	タ	チ	___	___	ト
na 行	___	ニ	___	ネ	___
ha 行	ハ	___	フ	___	ホ
ma 行	___	ミ	___	メ	___
ya 行	ヤ		ユ		___
ra 行	ラ	リ	___	___	ロ
wa 行	___				___
拔音	ン				

(Ⅰ)

1. う　2. き　3. そ　4. た　5. ね　6. え　7. ら　8. る

① キ　② ラ　③ タ　④ ウ　⑤ ル　⑥ ソ　⑦ エ　⑧ ネ

(Ⅱ)

1. き　2. と　3. に　4. ひ　5. め　6. す　7. れ　8. よ

① レ　② ヒ　③ ト　④ キ　⑤ ヨ　⑥ ニ　⑦ ス　⑧ メ

改寫練習　將平假名改寫成片假名；
片假名改寫成平假名。

1. ウ → ＿＿＿＿＿＿　　9. ミ → ＿＿＿＿＿＿

2. く → ＿＿＿＿＿＿　　10. ロ → ＿＿＿＿＿＿

3. コ → ＿＿＿＿＿＿　　11. リ → ＿＿＿＿＿＿

4. せ → ＿＿＿＿＿＿　　12. レ → ＿＿＿＿＿＿

5. ノ → ＿＿＿＿＿＿　　13. ヲ → ＿＿＿＿＿＿

6. ひ → ＿＿＿＿＿＿　　14. ち → ＿＿＿＿＿＿

7. マ → ＿＿＿＿＿＿　　15. ホ → ＿＿＿＿＿＿

8. へ → ＿＿＿＿＿＿　　16. ゆ → ＿＿＿＿＿＿

解答

＊克漏字練習

（Ⅰ）平假名：a 行：い、え／ka 行：く、け

sa 行：さ、せ／ta 行：ち、つ、と

na 行：に、ぬ／ha 行：は、ふ、ほ

ma 行：み、め、も／ya 行：や

ra 行：る、れ／wa 行：わ

n 行：ん

（Ⅱ）片假名：a 行：ウ、オ／ka 行：カ、コ

sa 行：シ、ス／ta 行：ツ、テ

na 行：ナ、ヌ、ノ／ha 行：ヒ、ヘ

ma 行：マ、ム、モ／ya 行：ヨ

ra 行：ル、レ／wa 行：ワ、ヲ

＊應用練習

（Ⅰ）			（Ⅱ）		
1 — ④	5 — ⑧		1 — ④	5 — ⑧
2 — ①	6 — ⑦		2 — ③	6 — ⑦
3 — ⑥	7 — ②		3 — ⑥	7 — ①
4 — ③	8 — ⑤		4 — ②	8 — ⑤

＊改寫練習

1 う	5 の	9 み	13 を
2 ク	6 ヒ	10 ろ	14 チ
3 こ	7 ま	11 り	15 ほ
4 セ	8 ヘ	12 れ	16 ユ

語研力 *J011*

大家來寫日語50音習字帖

編　　　者	上杉哲	
顧　　　問	曾文旭	
出版總監	陳逸祺、耿文國	
主　　　編	陳蕙芳	
執行編輯	翁芯琍	
美術編輯	李依靜	
法律顧問	北辰著作權事務所	

印　　　製	世和印製企業有限公司
初　　　版	2024 年 02 月
初版 3 刷	2024 年 08 月
出　　　版	凱信企業集團 - 凱信企業管理顧問有限公司
電　　　話	（02）2773-6566
傳　　　真	（02）2778-1033
地　　　址	106 台北市大安區忠孝東路四段 218 之 4 號 12 樓
信　　　箱	kaihsinbooks@gmail.com

定　　　價	新台幣 180 元 / 港幣 60 元
產品內容	1 書

總 經 銷	采舍國際有限公司
地　　　址	235 新北市中和區中山路二段 366 巷 10 號 3 樓
電　　　話	（02）8245-8786
傳　　　真	（02）8245-8718

國家圖書館出版品預行編目資料

大家來寫日語50音習字帖／上杉哲編著. – 初版. –
臺北市：凱信企業集團凱信企業管理顧問有限公
司, 2024.02
　面；　公分
ISBN 978-626-7354-30-8(平裝)

1.CST: 日語 2.CST: 語音 3.CST: 假名

803.1134　　　　　　　　　　　113000068

朝日文化

用辣椒的方法來裝飾自己，
讓人生變得更美好！

新信立喜

用新的方法去賺取金錢，
讓人生變得更美好！